ある女の証明

まさきとしか

幻冬舎文庫

目次

ある女の証明

第一章
二〇一五年二月
衝突事故
男性の死因
「窒息死」と判明

衝突事故男性の死因「窒息死」と判明

苫小牧市音羽町で3日、乗用車が道路脇の街路樹に衝突し、運転していたむかわ町末広のアパート経営大龍昇さん（78）が死亡した。死因は窒息死。苫小牧署によると、大龍さんに目立った外傷がなく、車内に太巻きずしの一部が見つかったことなどから、運転中にすしをのどに詰まらせて死亡したとして調べている。

——北斗新聞　二〇一五年二月五日朝刊

大龍昇《だいりゅう》がはじめてその女と会ったのは、ししゃも漁が解禁になる数日前のことだった。

馴染みの飲み屋の引き戸を開けると、カウンターにいたのだった。六時を過ぎたばかりで、客はその女だけだった。

ビールの入ったグラスに手を添え、焦点の合っていない目を宙に投げていた。ぼんやりとした横顔は深く思案しているようにも見えたし、なにも考えていないようにも見えた。

「あら。大さん、いらっしゃい」

女将《おかみ》の声につられ、女が昇へと顔を向けた。

三十代だろうか、化粧っ気がなく、まっすぐな黒髪が肩にかかっている。頬がふっくらとして下膨れ気味だ。おたふく顔なのだが福々しさはなく、どこか心細げだ。

むかわ駅に近いこの飲み屋は、しょうゆや一味が並んだカウンターしかなく、十人も入ればいっぱいになる。町の名物であるししゃも料理がないどころか、焼き魚や刺身の類も少なく、肉じゃがや筑前煮といった家庭料理が中心だ。客は地元の年寄り連中ばかりで、女がこの辺の人間でないことはひとめ見てわかった。

「大さん、いつものでいいの？」

昇はうなずき、ちらっと女をうかがった。女はもう昇を見てはおらず、弛緩《しかん》した表情でビールをちびりと口にふくんだ。茶色い薄手のセーターの袖口に毛玉ができている。

昇の前に焼酎のお湯割りとお通しの松前漬けが置かれた。

焼酎をひと口飲み、また女を盗み見た。ふくよかな顔と厚みのある体に比べ、首が奇妙に華奢《きゃしゃ》でバランスが悪い。おそらく町の外から来たのだろう。待ち合わせだろうか、それとも観光だろうか。そう考えてはみたものの、特段見るところのないこんないなか町に女ひとりで来るとは思えなかった。

どっから来たの、とさりげなく話しかけてみたかった。女がどんな声でどんな話し方をするのか聞きたかったし、どんなふうに笑うのか見たかった。しかし、見ず知らずの女に声をかけるなど昇にはできなかった。

「ああ、そうだ。こないだテレビでやってるの観たよ」

女将の声に、昇は目を上げた。

「大さんみたいなこと考える人けっこういるんだね。遺言書つくろうだなんてさ」

そういえば、このあいだ来たときに女将と遺言書の話をしたのだった。たしか女将は、そんなもん書くわけないっしょや、と言ったはずだ。

「いま流行《はや》ってるんだね、遺言書つくったり、葬式の準備したり。でも、そんな洒落《しゃれ》たことやるのは札幌とか都会の人たちだけだって。むかわじゃそんな話聞かないよ」

私のまわりにもひとりもいないもの、と続けた女将に、それは家族がいるからだ、と返したくなった。財産を受け取る子供や孫がいれば遺言書などつくらなくてもいいではないか。言うか言うまいか散々迷い、結局、口にした。

「大さんだって札幌に甥っ子がいるしょ」

女将はあっさりと言った。

「甥と家族はちがうだろう」

「どっちも血つながってるじゃないの」

女将の強引なまとめ方に抗議する意味で、昇はわずかに声を張る。

「甥ったって、もうずっと会ってない。他人みたいなもんだ」

「まあ、いいじゃないの。身のまわりを整理したらぽっくり逝くってよくいうじゃない。だから、そういうのは縁起悪いからしないほうがいいんだって。ほら、なんだっけ。テレビでやってたんだけどな。ほら、なんていうんだっけ」

「だから遺言書つくったりお墓選んだりすること。いまの言葉で、なんとかっていうじゃない。ここまで出てるんだけど」

女将は胸の上を叩いた。

「シューカツ」

左側から声が飛んできた。

「ああ、それそれ」

女将が女に人差し指を向け、あーすっきりした、と笑う。

「なんだそれは」

昇の問いに答えたのは女だった。

「人生の終わりのための活動。それで終活っていうの。生きてるうちに、死んだときの準備しとくのよ。葬式の内容決めたり、棺とかお墓とか選んだり、遺産相続のこと決めたりさ」

つまらなそうな表情とぼそぼそとした口調。猫背で頬づえをつき、しゃべるのが億劫そうにも見えた。

「なるほどな」

昇がつぶやくと会話が終わった。


「なにがだ」

女はぼんやりとした目を昇に向けているが、昇がしゃべるのを待っているのではなく、惰性で見ているだけのような気がした。

女に笑ってほしい。そう思った自分に気づき、胸が軋んだ。なにか話しかけよう、話しかけたい、と焦ったが、言葉はひとつも出てこない。昇はあきらめ、焼酎に口をつけた。

「おじさん、終活するの？」

やがて女が口を開いた。

「あ、ああ。そうだな。そうかもな」

勢い込んで答えたが、女はそれ以上聞いてこない。それなのに昇から目を離さない。感情のないまなざしだ。

「来月で七十八だからな」

急《せ》かされるように続けた。それでも女は反応しない。と思ったら、四、五秒後、「ふうん」と返ってきた。

女はグラスのビールを飲み干すと、また昇に向き直り、「おじさん、ビールなくなっちゃった」と棒読みで言った。

「あ、ママ、ビール、その子に」

昇はあわあわと女将に告げた。

「ごちそうしてくれるの？」

「ああ」

ありがとう、と笑顔を見せてくれるかもしれない。そう期待したが、女はほほえむどころか礼も言わず、女将が傾ける瓶ビールにグラスを突き出した。

「でも、どっちにしろそんなのまだ早いって」

女将が明るい声を放った。

「そんなのってなんだ」

「だから終活、だっけ。大さん、まだまだ若いもの」

「もうじき七十八だぞ」

「大さんは大丈夫だって」

自分でもまだまだ若く、まだまだ大丈夫だと思っていないといえば嘘になる。しかし、葬儀や墓はどうでもよくても、相続のことだけはきちんとしておきたかった。

「男の人の平均寿命っていくつ？」

女が唐突に口を挟む。

「たしか八十、じゃなかったっけか」

女将が迷いながらも返答する。

あと二年、と思うが他人事《ひとごと》だ。

「あと二年か」

まるで昇の心中をのぞいたかのように女がぼそりとつぶやいた。

相続といってもたいした財産があるわけではない。自宅の価値はないに等しいし、貯蓄は葬式代に毛が生えた程度だし、死亡給付金が出る保険にも入っていない。いちばん金になるのは、車で一時間弱の苫小牧《とまこまい》市にある1DKが八戸入ったアパートで、二千万少しという査定だった。といっても、昇が査定を依頼したわけではなく、頼んでもいないのに甥の嫁がしたことだった。

たいした財産ではない。それでも、喉から手が出るほど欲しがるやつがいる。問題は、誰に相続させるかということだ。

昇には妻も子も、当然孫もいない。親戚と呼べるのは甥夫婦と、その子供たちだけだ。終活とやらをせずに死ぬと、甥夫婦が相続することになるのだろう。しかし、遺言書を書くにしても、相続してほしい人物が思い当たらないのだった。

気がつくと、鼻の下のイボをさわっていた。

イボをさわるのは、困ったときや考えごとをしているときの癖だ。左の鼻の穴のすぐ下のほか、右の眉の下と目の下にある。三つのイボは物心がついたときにはすでにあり、さわるのが癖になっていた。イボのせいで昇は「ヒキガエル」「イボ男」「鼻くそ」というあだ名をつけられたし、目鼻口、ひとつひとつのパーツに特徴はないのに、三つのイボを含めた全体で見ると、不気味さと間抜けさを併せ持った顔となるのだった。

鼻の下のイボから指を離し、ちょっと飲みすぎたな、と昇は思った。頭がぼうっと熱く、体が重い。

飲み屋から自宅に帰り、茶を飲んでいるところだ。

いつもは二杯までと決めている焼酎のお湯割りを四杯飲んだのはあの女のせいだと自覚している。

あと二年か、とつぶやいたあと、女は焦点が合っているのか不安にさせる目を昇に向け、「おじさん、お金持ちなの?」と聞いてきた。

「金持ちなんかじゃねえさ」

昇はそう言い、聞かれていないことまでべらべらしゃべってしまった。完全に舞い上がっていた。女にいいところを見せたかった気持ちが半分、残りの半分はどうにかして女の笑顔が見たかった。苫小牧にアパートを持っていること、家族がいないこと、ひとり暮らしをしていること、頭も体も丈夫なこと、もう何十年も病院にかかっていないこと、漁協に勤めていたこと。時間がたってみれば、いったいどこまでしゃべったのか曖昧《あいまい》だ。女は、ふうん、と相づちを打てばいいほうで、たいていは聞いているのかいないのかふぬけのようだった。

先に店を出たのは女のほうだった。ジャンパーに袖を通すと、「ごちそうさま」とうつむきがちにつぶやき、金を払おうとしなかった。女将がなにか言いかけたが、昇が止めた。JRの最終便に近い時刻で、こんな遅くにどこへ行くのだろうと不思議に思ったが、訊ねることはしなかった。

「はじめての客かい？」

女が出ていってから聞くと、女将はしかめっ面でうなずいた。

「なんか陰気くさい子だったねえ。鈍くさいのに図々しいし。あれはわけありの女だね。しっかし大さんもほんとお人好しだよね、ごちそうしてやるなんてさ」

そういえば、自分の名前は教えたが、女の名前は聞かなかった。

気がつくとまた、イボをさわっていた。昇は、よっこらせ、と声を出してソファから立ち上がり、戸棚から便箋とボールペンを取り出すと、よっこらせ、と座卓の前に腰を下ろした。その途端、静けさに襲われた。頭上から落ちてきたようにも、足もとから這い上がってきたようにも感じられた。テレビをつけているのに、その音声をのみ込むような底知れない静けさを感じるようになったのはいつからだろう。両親を亡くして以来、五十年近くひとりで暮らしてきた。人の気配がないことがあたりまえだったのに、いつからかうっすらとした恐怖さえ覚えるようになった。

昇は軽く頭を振り、テレビの音量を上げた。「終活か」とつぶやき、便箋の表紙を開く。しばし考えてから遺言書と書き、そこで手が止まった。

相続のことが頭に浮かぶたび、自分が空洞を抱えている心地になる。次に輪郭が薄れていく気がし、やがて自分という人間など存在していないように感じる。妻や子がいないからだろうか、家族がいないせいだろうか、と自問しても、明確な答えをたぐり寄せることはできなかった。

空洞にひとつの顔が浮かび上がった。

貴和子——。

声にはせず、昇は自分の内にいる彼女に呼びかけた。

貴和子の顔がするするとほどけ、さっきの女へとすり替わる。

女ははじめて会ったときの貴和子を思い出させた。こちらを不安にさせる無表情なまなざし。貴和子もよくあんな目で昇を見つめた。まるで平静と鈍感を装いながら、その裏で昇の心中を探ろうとするかのように。

胸がねじれるように軋む。自分の年齢を思い浮かべ、こんな歳になってしまったことに取り返しのつかないことをした気がした。

俺の人生はなんだったのだろう、と唐突に思う。

ひとりきりの居間を意味もなく見まわした。築五十年以上の住まいは不具合が生じた箇所の修繕を繰り返してきたせいで、年月がまだらになっている。台所のシンクは比較的新しいが、ビニール床は黒ずんでいる。逆に、台所とひと続きになった居間のカーペットは新しく、しかし黒いソファはぼろぼろで、座卓も傷だらけだ。

留守番電話のランプが点滅していることに気づいた。札幌で暮らす甥の嫁からだ。昇は彼女のことを「太っちょ」とこっそり呼んでいた。

「伯父さん、元気ですか？　寒くなってきたから心配で電話しました。こないだのこと、本気で考えてね。また電話します」

こないだのこと、というのは、甥夫婦の家に同居する話だ。一か月ほど前、太っちょ嫁がやってきて提案したことだった。昇の年齢や家の古さ、冬の除雪など、昇の身を案じてとのことだったが、生まれ育った町を離れるつもりはないとはっきり答えた。彼女が昇の所有するアパートの査定金額を伝えてきたのはそのときだった。伯父さんのことを考えて参考までに、という言い訳のあと、資金繰りのため五百万円必要だとほのめかされた。

ぼんやりとしか考えていなかった相続のことが、明確な形を持って頭のなかに居座るようになったのはそれからだ。

甥は、弟の子供だ。昇にきょうだいは四つ下の弟しかいなく、その弟も十年以上前に死んだ。昇が、甥夫婦を信用できないのは、弟のことを信用できなかったせいかもしれない。太っちょ嫁はほんとうに昇を心配して同居をすすめ、アパートの査定をしたのかもしれないが、昇の体を流れる血が、甥夫婦を信用することを拒むのだった。

どうせなにも持たない身だ、いっそのこと財産などなにひとつなかったほうがよかったかもしれない。そう思うと、十数年前のあのとき、苫小牧のアパートを売ってしまえばよかった、とこれまで幾度となく感じた苦々しさが胸に広がった。

ただ、アパート経営がいまの暮らしの拠《よ》りどころになっているのも事実だった。昇は週に三日、清掃のために苫小牧まで車で通い、簡単な修繕なら自分で済ませている。もし、あのアパートがなければ、自分はなにをするでもなく、誰もいないこの家に閉じこもっていただろう。それとも、ひまつぶしに階下の店を開けただろうか。

いや、それはないな。鼻の下のイボをさわりながら昇は小さく笑いを漏らした。遺言書と書いたきり便箋に載せる文字が見つからず、風呂に入り、仏壇のりんを鳴らし、布団を敷き、枕もとのラジオをつけっぱなしにして就寝した。

久しぶりに一階のシャッターを開けてみる気になったのは、ししゃも漁が解禁になった日だった。

大龍商店は、もともとは母がはじめた海産物の店だ。漁師だった父が獲ってきた魚介を加工し、ししゃものすだれ干しや、スケトウダラやカレイの干物、タコやホッキ貝の珍味などを売っていた。

両親が相次いで他界したのは、昇が三十歳を超えたときだ。昇は地元の漁協に勤め、弟はすでに実家を出ていた。

母の死後に閉めた店を、昇は一年だけ開けたことがある。貴和子と暮らしていたときだ。土日だけの開店だったことと規格外の魚を引き取ったことで、勤め先には目をつぶってもらった。三十代半ばのことだから大昔の話だ。店を閉めてからもたまにシャッターを開けて風を通し、少なくとも年末には大掃除をしていたが、昨年の暮れは腰の痛みがひどく、店に足を踏み入れることさえしなかった。

昇は、シャッターの下りた店を眺めた。

看板の黒文字は薄れてはいるが、〈ししゃも　海産物　大龍商店〉と読み取れる。シャッターは錆《さび》と土埃で変色し、クリーム色の壁には稲妻みたいなひびが走っている。

十月中旬のむかわは、すでに冬のにおいがする。鼻の奥につんと突き刺さる尖《とが》ったような、毎年嗅《か》いでいるにもかかわらずひどくなつかしいにおいだ。冬のにおいは風に運ばれ、代わりにかすかな潮のにおいが流れてきた。

大龍商店は道道沿いにある。近くには国道も走っている。どちらも片側一車線で、車通りは少ない。朝の九時すぎ、目の前の道道を走る車はほとんどなく、歩道を歩く人もいない。道道沿いに建つのは築年数の古い二階建てばかりで、建物と建物の間隔が広く、空き地が点在している。大龍商店の右隣もまた空き地だった。

軍手をはめて、シャッターに手をかけた。「ふんっ」と声を出して持ち上げようとしても動かない。長いこと放置していたせいで錆びついてしまったのだろう。ここからは見えないが、西と南の方向に海が広がっているため、海風で建物や車の傷《いた》みが早い。東の方向には一級河川の鵡川《むかわ》が流れている。昇の住まいは海と川のあいだ、川のほうが若干近い。

何度か力を入れるとシャッターはがたつきはじめ、軋みながらもなんとか上がった。ガラスの引き戸越しに、薄暗い廃墟のような空間が見える。

このままシャッターを閉め、二度と開けたくないと思った。しかし、そうしてしまったら、この先、自分の足の下に廃墟があることを意識しながら暮らさなければならない気がした。

「どうしたのさ」

ふいの声に振り返ると、一丁向こうにある新聞販売所のばあさんだった。

「どうもしないさ。なに、小野寺さんはどこ行くの」

「どこってあんた、スーパーしか行くとこないっしょ」

ほら、と小野寺のばあさんは自分のショッピングカートを目で差した。

「気いつけてな」

「あんた、また店やるのかい？」

からかうように聞いてくる。

「まさか。やるわけねえだろう」

「まだひと花もふた花も咲かせられるだろうに」

「なに言ってんだよ。俺、来月で七十八だぞ」

「そうやって歳がさらっと出てくるならまだまだ若いってことだ」

九十近いばあさんは笑いながら歩いていった。

店の引き戸を開けると、黴《かび》くささが流れ出てきた。時間差で埃っぽさと淀んだ空気が鼻を刺した。

昇は店に足を踏み入れた。左側には冷蔵と冷凍のショーケースが、右側には商品棚が並び、真正面にはレジ台と陳列台。その向こうはバックヤードで、住居へとつながる階段がある。

昇は引き戸を開けっぱなしにし、窓を開けた。ひんやりとした風がなめらかな線を引くようにすうっと流れていく。風が通っただけで、掃除の半分が済んだ気分だった。

積もった埃を払い、雑巾で拭く。床を掃き、最後に水を流してブラシでこすった。いざはじめると一時間少しで終わった。

腰かけて一服したい気分になったが、椅子はないし、煙草は六十になった年にやめている。

バックヤードの窓を閉めたとき、店のほうで人の気配がした。「誰だい？」と首を伸ばすと、女が立っていた。飲み屋で会った女だ。ベージュのコートに色褪《いろあ》せたジーンズ、黒い大きなバッグを肩にかつぎ、両手をポケットに入れている。一週間前と同じ恰好だ。

「どうしたんだ？」

昇は驚きをそのまま声にした。

「前会ったとき、大龍商店ってとこの上に住んでるって言ってたから」

昇が求めている答えはそういうことじゃない。

「なにしに来たんだ？」

「別に」

「別に？」

沈黙を挟んだのち、

「旅してて」

女はそう言い、鼻水をすすった。

「最初は馬がいいと思ったんだけど」

「馬？」

「サラブレッドとか。だから牧場にしようと思って新冠《にいかっぷ》とか浦河《うらかわ》に行ってみたんだけど」

新冠も浦河も競走馬の産地で、むかわからはＪＲ一本で行ける。

「やっぱりやめようと思って。そしたら、おじさんのこと思い出して」

「なんでだ」

女のぼんやりとした視線を受け、昇は落ち着かなくなる。

「なんで俺のことなんか思い出したんだ」

問いつめる口調になった。

「遺言書、書いた？」

ひと呼吸おいて女が訊ねる。

「……いや、まだ、だが」

「ふうん」

「なにしに来たんだ？」

昇は繰り返した。

「おじさん、終活するんでしょ？」

「まあ、そうだが」

「遺言書、書くんでしょ？」

「あ、ああ」

「家族、いないんだよね？」

「ああ」

「ちょっと、泊めてよ」

支離滅裂なのはわかっているが、抗《あらが》いようがなかった。


女将が言ったとおり、わけありの女だろうとは思っていた。借金から逃げているか、男から逃げているか。いずれにせよ、なにかから逃げていることはまちがいないだろう。

女が居ついて一週間になる。

女は岡本多恵と名乗ったが、おそらく偽名だろうと昇は見ている。

多恵は当初、冬眠するかのように寝てばかりいた。彼女には、昇の両親がかつて寝室にしていた部屋をあてがった。部屋から出てこないことを訝《いぶか》しく思い、ふすまに耳を当てると軽いいびきが聞こえ、ふすまを細く開くと人の形に盛り上がった布団がゆっくりと上下するさまが確認できた。

「おじさん、今日何時ごろ帰ってくんの？」

目玉焼きの黄身を箸《はし》で崩しながら多恵が訊ねる。

「四時か五時だろうな。どうした？」

「私、本物のししゃも食べてみたいんだよね。私がししゃもだと思って食べてたの、ほんとはししゃもじゃないんだって。昨日、テレビでやってた」

「ああ、あれだ」

「あれ？」

「あんたがししゃもだと思って食ってたのは、あれだ」

「ふうん」

自分から言い出したくせに、多恵は興味なさそうな顔つきで目玉焼きの黄身をつけたトーストを口に運ぶ。トーストは二枚目だ。まるで眠っていた分の栄養を補おうとするかのように旺盛な食欲だった。

頼んだわけではないが、多恵は食事をつくってくれた。慣れた様子で包丁や菜箸を使う後ろ姿を見ていると、異質なものがいる不思議さと、もうずっと彼女と暮らしているような感覚が、同時に湧き上がった。

「ほら、あれだ。カタカナで……ええっと、なんだったかな。ここまで出てるんだがな」

多恵は昇に頓着せず、トーストを咀嚼《そしゃく》しながらウインナーを箸でつまむ。

「……カペリン。そうだ、カペリンだ。なぜ出てこないかな」

「歳取ってるからじゃない？」

目も上げずに言うと、ウインナーに歯をたてた。

多恵が居ついてから、昇は自分の老いと直面させられた。若いころと比べて言葉が出てこないことは感じていたが、日常的に人としゃべる生活を送っていないため、ここまでとは気づかなかった。

「歳だなあ」

ため息に似た声を漏らしていた。

「ねえ、本物のししゃも食べさせてよ。お寿司で食べられるのって、いまだけなんでしょ」

ししゃも漁ができるのは四十日ほどで、そのあいだ町内にある何軒かの飲食店はししゃもを生で食べさせる。

「じゃあ、寿司屋でも行くか」

「やった」

言葉とは裏腹ににこりともしない。

昇はまだ彼女の笑顔を見ていない。

その日、昇がアパートの清掃を終え、自宅に帰ったのは五時まであと十分の時刻だった。自宅前の駐車スペースに車を入れようとウインカーを上げたとき、二階の窓に灯りがついているのが目に入った。その瞬間、頭のなかがふっと無重力のようになった。体が先に反応した。鼻先がじわっと痺《しび》れ、瞳がうるんだ。イボのない左目から涙がつうっとこぼれるのを感じた。しかし、涙は流れてはいかず、幾線ものしわが吸収していった。

車を降り、二階を見上げる。家に帰ったとき、窓に灯りがついているのは何十年ぶりだろう。自分がいない家に、自分ではない人間がいるのは何十年ぶりだろう。そう考えてみたが、わざわざ年月を数える気はなかった。

十月も後半に入り、陽が沈むのが早くなった。海がある西の空にはわずかに明るさが残っているが、川のある東の空は墨を流したような色で、見上げているあいだにもどんどん夜にのみ込まれていくようだ。

店の裏口のドアを開け、すぐ右横の階段を上る。二階のドアを開ける前に、両手で顔をこすり、濡れていないか確かめる。

ドアを開け、ただいま、と口のなかで言う。ふにゃふにゃとした形のない音にしかならない。

多恵はソファの上で膝を抱えていた。昇に顔を向け、「あ、おかえり」とつぶやくように言う。そこでやっと、「ああ、ただいま。じゃあ寿司屋に行くか」と堂々と声にできた。

寿司屋は歩いて十分ほどの場所にある。昇の家と同じ道道沿いだ。

まだ五時を過ぎたばかりだというのに、カウンターは馴染みの年寄り連中で三分の一ほど埋まっていた。

「お、大さん、久しぶり。いらっしゃい」

大将の声に、カウンターの馴染み客たちが昇のほうに顔を向け、「おお、久しぶりだなあ」「元気だったか?」「まだ生きてたか」など好き好きに言い出した。

「そこの別嬪《べっぴん》さんは誰だよ」

そう聞かれ、「親戚の子だよ」と返した。

「とかなんとか言って、若い彼女なんじゃねえの?」

まさか、と昇が答えるよりも先に、「んなわけねえよなあ、大さんに彼女なんてよお」「あったらもっと若いうちになんとかなってるって」「でもほら、イボちょっと小さくなったんでね?」と、酒に浸された笑い声が広がった。

昇の腕にやわらかなものが絡み、あまったるい体臭が鼻を刺激した。

「はじめまして。ノボちゃんの彼女の多恵です」

多恵が抱きつくように昇の腕を取り、弾力のある胸を押しつけている。

一瞬、音が消えたように感じた。カウンターには間抜け面が並んでいる。

多恵は気にせずカウンターにつくと、「ノボちゃん、ししゃものお寿司頼んでいい？」と聞いてきた。ノボちゃん、というのは自分のことなのだとこのとき気づいた。

「あ、ああ。もちろん」

「あとビールください。ノボちゃんは焼酎のお湯割りだよね」

「ああ」

「焼きししゃもも食べていい？」

「うん。ホッキはどうだ？　それから秋鮭もいいんじゃないか」

「うん。食べる」

「大将、あとは適当に見繕って」

自分の声がいつもより太く聞こえた。恋人と一緒にいる男を演じているつもりだろうか、と恥ずかしくなる。

馴染み客たちは平静に戻ってはいるものの、会話の合間にちらちらと短い視線を送ってくる。

「あのさ、ノボちゃんって親しい人いないの？」

ししゃもの寿司を頬ばり、「普通」と昇にしか聞こえない声で感想を告げてから多恵が聞いてきた。

昇は答えられなかった。「親しい人」とはどういう人を差すのか判断できなかった。だから、「どうかな」ととっさに答えたのだが、どういう人を差すにしても、「親しい」に属する人間などいないと思い当たった。

「家族いないんでしょ？」

天気の話でもするかのような重みのない口調だ。

「ああ」

「結婚したことないの？」

自分の内の空洞に、貴和子が浮かぶ。思い出すとき、いつも彼女は笑ってくれている。さらさら揺れる黒髪、どこかきょとんとした黒い瞳、控えめな白い歯。

「一度、ある」

声が掠《かす》れた。

「ふうん。子供は？」

「あんたはどうなんだ」

怒った口調になったが、気づかなかったのか気にしないのか、多恵の態度はのっぺりとしたままだ。

「じゃあ、ひとりで死んでくの？」

ためらいなく声にする。

昇が答えずにいると、「だって甥っ子とも親しくないんでしょ？」と続け、天ぷらの盛り合わせに箸を伸ばした。昇の視界に、毛玉だらけの袖口が入り込む。飲み屋ではじめて会ったときも、彼女はこの茶色いセーターを着ていた。

「遺言書、書いた？」

「いや」

「甥っ子にはあげないんでしょ？」

「まだはっきりとは決めてない」

「そうなんだ」

昇の右側で、馴染み客たちが帰り支度をはじめた。ガタガタと椅子を鳴らして立ち上がり、「さてと」「帰るか」「飲んだ飲んだ」などとつぶやきながら、昇の背後を通って出口へと向かう。

「大さん、悪かったな」

昇の肩に、背後から手が置かれた。

その声に仲間の男たちが振り返る。

「大さん、またな」「俺、飲みすぎたみたいでごめんな」「おやすみ」次々にかけられた声に、

「おやすみ。気いつけてな」と昇は軽く片手を上げた。

「やなじいなのか、いいじいなのか、わかんない」

馴染み客たちが出ていくと、多恵が言った。

「いいやつらだよ」

「ふうん」

みんないいやつらだ。それは嘘ではない。しかし、昇にとって親しい人ではない。

「あのさ」

ビールから冷酒に変えた多恵が改まったように口を開いた。瞬間、昇は耳をふさぎたくなった。しかし多恵が続けたのは、昇が予期した言葉とはある意味逆のことだった。

「一階のお店、もったいなくない？」

「え？」

「大龍商店。あそこ、私に貸してくれないかな」

「なにをするんだ」

「まだわかんないけど、なんかお店。カフェとか。カフェって喫茶店のことね」

「それくらい知ってるさ」

そう答えながら昇は、この先、多恵が「あのさ」と改まるたび、出ていくことを告げるのではないかという恐怖を味わわなければならないのだと考えていた。

「すぐに家賃は払えないけど」

「別に家賃なんかいい」

ぶっきらぼうな口調になった。

「ただで貸してくれるの？」

「ああ、いいさ」

「やった」

そう言ったとき、多恵はいつものぼんやりした顔つきだったが、「私、お店やってみたかったんだ」と続け、つぼみが一気にほどけるように笑った。目尻が垂れ、細まった目のなかで瞳が輝いた。頬にもくちびるにも、そのときはじめて色がついたようだった。昇にはそれが薄桃色に見えた。

胸が、きゅう、と苦しげに鳴いた。

「貴和子」

「え？」

やわらかいほほえみが、目の前にある。

「あんた、貴和子じゃないのか？」

「キワコ、って誰？」

女の声が遠いところから聞こえた。


一階を貸してほしいと言った多恵だが、カフェをやりたいというのは本気なのかどうか昇はつかみかねていた。

一か月がたったが、まだ多恵は具体的な行動を起こしていない。ただ、毎日のように一階に行き、ノートになにやら書き込んではいる。

昇は店に新しい灯油ストーブを設置し、丸椅子をふたつ用意した。雪が降りはじめてから気温がぐんと下がり、コンクリート床の一階は昼間でもストーブなしではいられなかった。

いまも多恵は店にいるのだろうか。苫小牧のアパートの共同玄関をほうきで掃きながら昇は考えた。丸椅子に座り、ノートに落書きめいた図面を書いているのだろうか。そう想像すると、三十代の多恵が幼女のように思えてくる。

平日の昼すぎ、八戸入ったアパートに人の気配はない。

両親から相続した土地にアパートを建てることを決めたのは漁協を定年退職した年で、昨年ローンを完済したばかりだ。不動産会社には仲介と賃貸契約、店子《たなこ》の窓口を任せているが、清掃や修繕など想像していたよりやることが多く、なにかと忙しい。この忙しさにいままでは救われていたのだった。

二千万少し、と甥嫁の言葉が耳をよぎる。昇は腰を叩きながら外に出た。アパートの前は四台分の駐車場になっており、いまはすべての車が出払っている。薄青の空に向かって息を吐いたら、うっすらと白くなった。

自宅一階に店を開くとなると、ある程度の金が必要だろう。以前のように海産物を扱う店ならまだしも、飲食店をはじめるとすれば少なくとも数百万はかかるはずだ。もし、このアパートを売ったら甥夫婦はどう思うだろう。

先日、昇は七十八の誕生日を迎えた。

多恵が買ってきたケーキを食べ、馴染みの飲み屋に出かけた。どちらも金を出したのは昇だが、祝ってもらっていると感じられた。

七十八になってから、あと二年という気持ちが強くなった。そして、残された二年のうち自分が達者でいられるのはどのくらいだろう、と。そう考えると、いますぐにでも遺言書を書かなければと急き立てられた。

誕生日の夜、飲み屋に行くと女将は驚き、「あんただったの」と多恵に言った。昇が娘くらいの女と一緒にいることはすでに耳にしていたらしい。

「なにが狙《ねら》いなのよ」

多恵がトイレに立ったとき、女将が聞いてきた。

「俺はなんも狙っちゃいねえよ」

昇は笑ったが、女将は笑わなかった。

「ちがうって、あの女のほうだよ。あれは絶対わけありの女だって。なんか企《たくら》んでるに決まってるしょや。大さん、気をつけたほうがいいよ」

「企むってなにをだ」

昇はとぼけた。

「こないだだって、遺言書のこととか家族のこととかいろいろ聞いてたじゃない」

「あんときは酔ってて俺からぺらぺらしゃべったんだよ」

「どっちにしろおかしいって。なにか魂胆があるに決まってるよ」

それは、多恵が突然やってきたときから考えていたことだった。

なんの目的もなしに昇の家に居つくわけがない。やはり金だろうか。甥夫婦のように不動産を狙っているのか、それとも年金か。それでもいいような気が昇はしていた。

多恵は、このごろ笑ってくれるようになった。

多恵が来てから、土曜か日曜に連れ立ってスーパーに出かけるようになった。昇と多恵が親戚でないことは公然の秘密になっているものの、近所のばあさんどもにあれこれ聞かれるのを避けて、ドライブがてら車で一時間弱の隣町まで行く。

買い物から戻ると、家の前に見覚えのある紺色のワゴン車が停まっていた。

「誰か来てるね。お客さん？」

助手席の多恵がシートベルトをはずしながら訊ねる。

まあな、とだけ答え、昇は多恵よりも先に車を降りた。荷物を下ろすために後部座席のドアを開けたとき、「伯父さん」と声がかかった。

ワゴン車から太っちょの甥嫁が降りてきた。白髪が目立ちはじめた髪をひっつめ、クリーム色のセーターのせいか贅肉をまとった体がさらに太って見えた。

「留守電聞いてくれた？　電話くれないから倒れてるんじゃないかと思ってわざわざ札幌から来たのよ。途中でガソリン入れなきゃならなかったけど、大事な伯父さんだもんね。気にしないで」

甥嫁からは何度か電話があったが、受話器を取らずにいたのだった。

「なんの用だ？」

「なによ、ひどいじゃないの、そんな言い方。わざわざ時間とガソリン代かけて来たのに。

あのね、ほら、伯父さんのアパートのことなんだけど、仮によ、もし仮に売るとしてもすぐには売れないと思うのよ。だから、もし売るつもりがあるなら、私の知り合いに声かけてあげようかなと思って。それにこれから本格的に雪も降るし、ひとり暮らしは大変でしょ。とりあえずうちで暮らしたらどうかなと思って。同居のこと考えてくれた？」

甥嫁の視線が昇の左側に流れた。多恵が軽自動車から出てきたところだ。

「誰？　その人」

甥嫁の問いかけに条件反射で、親戚だ、と答えそうになり、そんな自分がおかしくなる。

「あ、ヘルパー？　やだ、伯父さん。ヘルパーにお願いするくらいなら、遠慮しないで私たちのところに来てよ。一緒に暮らしましょうって何度も言ってるのに」

「ヘルパーじゃない」

「じゃあ誰？　あ、近所の人？」

甥嫁は多恵に向き直り、「いつも伯父がお世話になっております。いろいろお手数おかけしてすみません」と頭を下げた。

「こちらこそお世話になってます。私、ノボちゃんと一緒に暮らしてる岡本多恵です」

多恵が頭を下げ返すと、冗談だと思ったらしく甥嫁は大げさな笑い声をあげた。

「じゃあノボちゃん、先行ってるから」

そう言うと多恵はレジ袋を両手にさげ、すたすたと歩いていった。その後ろ姿を、首をねじ曲げて見送る甥嫁はもう笑ってはいなかった。

「伯父さん、どういうこと？」

形相を変えて詰め寄る。

「いま、あの子が言ったとおりだ」

「冗談でしょう？」甥嫁は声をひっくり返した。「あの女、私より若いじゃない」

「あの子がいくつなのか知らん」

「なにそれ。ちょっと大丈夫？　まさかほんとに一緒に暮らしてるの？」

「そうだ」

「誰よ、あの女。どこで会ったのさ」

「どこでもいい」

「ちょっと、呆《ぼ》けちゃったの、伯父さん」

「呆けてなどいない」

「まさか結婚するつもりじゃないでしょうねっ」

悲鳴に似た甥嫁の声が、昇の頭に突き刺さった。まさか結婚するつもりじゃないでしょうね、と知らず知らずのうちに胸の内で復唱していた。

帰ったはずの甥嫁が再びやってきたのは、その日の夕方だった。夫である甥を連れてきた。甥とは弟の葬儀以来、会ったこともしゃべったこともなかった。十数年ぶりに見る甥は若さと覇気を失い、その分、陰鬱さと疲労感を張りつけていた。

「私、下に行ってようか」

そう言って居間を出ようとした多恵を甥嫁が止めた。

「ちょっと待ちなさいよ。あんたもそこに座んなさいよ」

多恵が昇の横に腰かけた途端、甥嫁は座布団から尻を浮かせ、身をのり出した。

「あんた、どこで伯父さんと会ったの？　どうしてここで暮らしてるの？　どうせお金が目当てなんでしょ」

黙ったままの多恵に、「なんとか言いなさいよっ」と甥嫁は怒鳴ったが、多恵は無表情なまなざしを向けるだけだ。

「伯父さん、正直に言って」

甥嫁は昇に向き直った。

「お金いくらあるの？　けっこう貯めてるんでしょ。年金だってかなりもらってるんじゃないの？」

「金なんかないさ」

「ごまかさないで。ちゃんとしないと、全部この女に盗られちゃうよ。わかってる？　この女、金目当てなんだよ。ただで生活させてもらって、そのうえ遺産を狙ってるの」

子供に言い聞かせるような口調だ。

顔を紅潮させている甥嫁とは反対に、甥は蛇のように陰気くさい上目づかいを昇に向けている。

「伯父さんだって知ってるでしょう。いま、うちが大変なこと。このままじゃ会社潰れちゃうの。親戚を助けないで、どうして他人にお金を使えるのよ。どういう神経してんのよ」

「だからずっとひとり身だったんだよ」

甥がはじめて口を開いた。頰を歪《ゆが》め、嘲《あざけ》るような薄っぺらな笑みを張りつけている。

「結婚なんて絶対に赦さないからっ」

甥嫁の言葉に、えっ、と多恵が小さく声を発した。

結婚するなどひとことも言っていないのに、甥嫁のなかではそういうことになっているらしい。

「伯父さんだって知ってるでしょ。男を何人も殺した女、こないだ逮捕されたじゃない。金目当てで青酸カリ飲ませたって」

「あなたもでしょ」

多恵がぼそりと言った。

甥と甥嫁の目が揃って多恵に向けられる。

「あなたもノボちゃんのお金が目当てなんでしょ？　そうじゃなきゃ、金金ってそんなにまくしたてないよね」

「あのね、私らは親戚なんだよ。血つながってんの。それに、伯父さんのこと心配してるの。だから同居しようって言ってんだよ。ねえ、伯父さん」

鼻の下のイボをさわっていることに気づき、昇は手を下ろした。

「なんで怒らないの？」

多恵が顔を向ける。眉と目のあいだを開き、不思議そうな表情だ。

「さっきから勝手なこと言われてるのに、なんで黙ってるの？」

「怒れないんだよ」

答えたのは甥だった。

「こいつには怒る資格なんてないんだ」

多恵が、昇と甥を交互に見やる。

「俺の親父はこいつに殺された。こいつは、実の弟を見殺しにしたんだよ」

昇の胸に苦みが広がり、息が苦しくなる。

「実の弟のことは助けなかったくせに、よくそんなことができるよな。弟には一銭もやらず、女にはやるってか。あんた、自分のことしか考えてないんだな。だからいままでひとり身だったんだよ。誰もあんたの相手をしなかったんだよ。その女だってあんたの金を狙ってるだけだ。誰がそんなイボだらけのジジイ相手にするかよ。結婚した途端、毒を盛られて殺されるだろうよ」

言い終わると同時に、甥は勢いよく立ち上がった。つられて甥嫁も立ち上がったが、出ていく直前で足を止め、「また来ますから」と昇を睨みつけた。

多恵が口を開いたのは、車が走り去る音が完全に消えてからだった。

「遺言書、書いた？」

「いや」

「早く書いたほうがいいかもね」

セーターの袖の毛玉を取りながら伏し目がちに続ける。

「ノボちゃんが死んだら、あの人たちに全財産がいっちゃうんだよ。それでもいいなら別にいいけど、ノボちゃんは嫌なんでしょ？」

言い終わった多恵は毛玉を挟んだ指を離したが、静電気で落ちていかず、ふうっと息を吹きかけた。

昇は、浮遊した毛玉が床に落ちるのを見届け、

ひと息に告げた。

「弟は信用できないやつだった」

ただ、いくら信用できなくてもただひとりの兄弟だったし、両親を亡くしてからはただひとりの家族だった。あのとき、乞われるがまま苫小牧のアパートを売り、金を工面していれば、弟は死なずに済んだだろう。

十数年も前のことだ。いきなり訪ねてきた弟は、金を貸してほしい、と単刀直入に切り出した。金はない、と昇は返し、どうしてないかはおまえがいちばん知ってるだろう？　と続けた。両親がふたりの息子に遺したのは、むかわの実家と、苫小牧にあるふたつの土地、そして死亡保険金だった。早くに実家を離れ、下水道工事の会社を営んでいた弟は、むかわの家はいらないと言った。そのかわり、苫小牧の土地のうち価値の高いほうをくれ、と。昇に異存はなかった。死亡保険金は半額ずつ受け取った。しかし弟は、五十万、百万、二百万、と数回に分けて金の無心をし、結果的に死亡保険金のほとんどが弟に渡った。

最後の無心が十数年前だった。金はない、と告げた昇に、苫小牧のアパートを売ればいいじゃないか、と弟は言い、どうしても八百万いる、つくれなければ倒産する、やばいところからも借りている、とまくしたてた。「俺には家族がいるんだよ。兄貴はひとりだろ。金な

んかいらないだろ」そう叫んだ弟に、「おまえにやる金はない」と昇は返した。それが最後の言葉になった。二日後、弟は会社の倉庫で首をくくった。

「ノボちゃん」

多恵の手が、昇の背中に置かれた。珍しくしっとりとした声に、大丈夫だ、と答えようとした。

「私、お金目当てだよ」

慰めの言葉がかかると思い込んでいた昇は、すぐには理解できなかった。やがて、その言葉の意味がじわじわと染み渡り、やっぱりな、と思おうとした。しかし、心底から思うことはできなかった。

「飲み屋で会ったとき、ノボちゃんがアパート経営してて年金ももらってて、家族がいなくてひとり暮らしだって聞いて、じゃあお金あるんだろうな、って思った。だから、この町に戻ってきたの。私、すっからかんになっちゃったから、しばらくノボちゃんに面倒みてもらおうと思って」

「そうか」

「いまもか？　って聞かないの？」

「聞かないさ」

「そっか」

多恵の手が昇の背中から離れた。そこだけがすうすうと寒かった。

立ち上がった多恵が振り向く。

「晩ごはんにしようか。今日は煮込みハンバーグだよ」

つくりものの笑みを浮かべている。


ふと目覚め、いつもとちがう不穏さを感じた。

誰かいる、と脳の覚醒した部分が察知し、自分がどこにいるのか混乱した。目を開く。天井に常夜灯の橙《だいだい》色が滲《にじ》んでいる。ああ、自分の家か、と理解したとき、右横の気配に気づき、ぎくっとする。

多恵が座っている。濡れたように輝く目で昇を見下ろしている。

起き上がろうとしたが、すぐに体は動かない。

「どうした？」

仰向けのまま声をかけた。

多恵は答えない。一瞬、俺は死んでしまったのではないか、と錯覚した。多恵が見つめているのが自分の亡骸《なきがら》のような気がした。

多恵の体が、昇に覆いかぶさるようにゆらりと動き、滑るように布団に入ってきた。冷気とぬくもりを同時に感じた。

「お、おい」

「ノボちゃん、できる？」

生温かい息が昇の耳にかかり、手が腹の上に置かれた。昇は寝返りを打ち、多恵に背を向けた。それでも風呂上がりのにおいと女の肌が放つにおいを濃厚に感じた。

「ノボちゃん、したい？」

多恵の声は掠れている。

「いや」

「どうしてほしい？」

腹に置かれた手が下へと向かい、昇は「だめだ」とその手をつかんだ。

「なんでだめなの？」

「こういうのはだめだ」

「じゃあ、ノボちゃんがさわる？」

昇の背中に、やわらかくて温かな肉が押しつけられる。

「やめなさい」

「お金目当てだったこと怒ってるの?」

「そうじゃない」

「じゃあなんで?」

「とにかくだめだ」

数秒のあいだ多恵の息づかいとにおいに包まれた。やがて背後で、多恵が体をもぞもぞさせパジャマを脱ぎはじめた。

「おい。なにしてるんだ」

布団のなかの闇の粒子がざわざわとうごめき、熟し切った果実のようなにおいが強くなっていく。女の体が放つ湿った熱にのみ込まれそうになる。

多恵が馬乗りになった。

「ねえ、できる?」

熱く湿った声が下りてくる。

夜を吸い込んだ黒い瞳が昇をまっすぐ見下ろしている。

視線を動かさなくとも、たわわな乳房と誘うような乳首が目に入る。丸みのある肩に常夜灯の色が滲んでいる。

「ノボちゃんの好きにしていいのよ」

多恵はそう言うと、昇のパジャマのズボンに手を滑り込ませた。

「あ」

思わず声が出た。が、性器は反応しない。

女の指が、波に揺られる海草のように昇の性器をゆっくりとまさぐる。

「ノボちゃんもさわって」

吐息のような声に頭が痺れたようになり、昇の指がやわらかな肌を求めてひくりと動いた。

「だめだ」

衝動とは反対のうわごとのような声が漏れた。

「だめじゃない。男と女だもん」

性器をまさぐる指の動きが深くなっていく。

「いや、だめだ」

うめきながらも光に吸い寄せられる虫のように、指が乳房へと向かっていく。

「どうして？　キワコって人のことが忘れられないの？」

蜜《みつ》のような闇が一瞬にして弾けた。

衝動も鼓動も血流も指も動きを止め、罪悪感が体いっぱいに広がっていく。

昇は多恵の手首をつかみ、「だめだっ」と声を張った。その手を離し、多恵を追い出すように布団を頭からかぶった。布団のなかには、まだ濃厚な闇の残滓《ざんし》が残っていた。その闇を吸い込まないよう口を閉じ、歯を食いしばる。

しばらくのあいだ静けさに包まれた。沈黙を破ったのは多恵のほうだった。

「なんだ、ふられちゃった」

鼻で笑うような声のあと、パジャマを身につける衣擦《きぬず》れがし、立ち上がる気配がした。

「しょうがない、退散するか」

畳を踏みしめるひそやかな足音が遠のいていく。

「おやすみ、ノボちゃん」と言う多恵に、昇は布団のなかから「ああ、おやすみ」と返した。ふすまが閉まる音がした。

昇は布団から顔を出した。常夜灯の橙色を妙に明るく感じた。

橙色の灯りを見つめていると、しだいにいましがたの出来事があやふやになっていく。多恵はほんとうにここにいたのだろうか。布団に潜り込んできたのだろうか。あのあまやかなにおいも、やわらかくて温かな肉も、現実のものだったのだろうか。あれは貴和子だったのではないだろうか。あのときの記憶がよみがえっただけではなかったのか。

多恵が、一階の開店に向けて動き出したのは十二月も半ばを過ぎてからだった。

ごく普通の、誰でも気軽に立ち寄れる喫茶店にするらしく、小上がりを設けるのがミソとのことだった。多恵が提示した開店資金は昇の貯金で間に合う額だった。

動き出すと多恵は行動的だった。昇が紹介した工務店と打ち合わせをしたり、ＪＲに乗って札幌に出かけたり、一階に長時間いることも多かった。意外だったのは、偽名だと思っていた岡本多恵という名が本名だったことと、彼女が調理師免許を持っていたことだ。どちらも多恵が見せてくれた調理師免許証で知った。

昇が飲み屋の女将にぽろっと話したのは、嘘をつかれていなかったことが嬉しかったからかもしれない。

「大さん、みんな心配してるよ」

女将は改まった表情で言った。

「なにをだ」

「大さんが、どこの馬の骨ともわからない女に入れあげてるって」

「いま言っただろう、本名だったって」

「そんなのどうとでも偽造できるだろうし、本名だからって信用できる人間とは限らないじゃないの」

「いいから、おかわりくれ」

夕方から雪と風が強くなったせいか、客は昇だけだ。ガタガタッと音がして入口へと顔を向ける。反射的に多恵かと思ったのだが、磨りガラスのはまったドアは開かない。多恵は調理器具や食器を見るため札幌に行っており、帰りは明日の夕方だ。

「店、また開けるんだってね」

焼酎のお湯割りを置いて女将が言う。

「ああ。喫茶店らしい」

「大さんがやるんじゃないんだね」

「あたりまえだ。この歳でやるわけねえだろ」

みんな心配してるよ、と女将は繰り返した。

次の言葉は予想できた。騙されてる、金目当て、有り金を持っていかれる……そんなところだろう。

「また昔みたいなことになるんじゃないか、って」

女将の言葉にふいを突かれた。

「あのときだって、どこの馬の骨ともわからない女だったしょや。見るからにわけありのさ。みんなやめとけって言ったのに、大さんたら結婚までしちゃって。結局、騙されてひどい目にあったじゃないのさ。大さん悪くないのに逮捕までされちゃって。一年続いたか続かなかったくらいだよね、結婚生活。大さんがあれ以来、女っけがなくなったのは人間不信になったからじゃないの」

「いいよ、その話は」

「したって、あのときと似てんだもん。町の外から来た女と勢いで一緒になって、金巻き上げられて、挙句の果てに捨てられてさ。人がよすぎるんだよ、大さんは」

貴和子が帰ってきたみたいなんだよ。そう言いたくなった。言えば、ますます多恵は悪者にされ、一緒にいることを反対されるだろう。

「最近やっと死にたくないと思うようになったんだよ」

代わりにそう言った。

え、と女将が怪訝《けげん》な表情になる。

「前は、頭も体もしゃんとしてるうちにぽっくり逝きてえなあって思ってたけど、いまはまだまだ長生きしてえよ」

「大丈夫だって。こんなに元気なんだもん、大さんは百まで生きるよ」

口先だけのことと承知していても、お墨付きをもらったようでほっとする。

年が明けると、一階の工事がはじまった。

ほんの数か月前までがらんどうだった空間から、なにかを打ちつける音やドリルの音がほぼ連日聞こえるようになった。多恵がミソだと言った小上がりはすでに完成し、水道修理と配線工事も終わったらしい。

「ノボちゃん、お金たりなくなっちゃった」

助手席で多恵が言った。

「いくらだ？」

「あと百五十万」

「わかった」

多恵とともに苫小牧のアパートへ向かっているところだ。通い慣れた道中も、多恵が同乗するだけで遊びに出かけるような気分になる。

ここ数日、雪が降らず比較的気温が高かったため、幹線道路はほぼ乾き、道路脇に汚れた雪が積み上げられているだけだ。

苫小牧に一緒に行く、と言い出したのは多恵だった。持病の腰痛が悪化した昇を心配し、アパートの除雪と清掃を手伝うというのだった。しかし、ほんとうの目的は金の話をすることだったのかもしれない。そうだとしても、多恵の申し出はありがたかった。毎年冬は腰痛に悩まされるが、今季は特にひどい。確実に老いぼれているということだろう。

「そういえば昨日、お客さん来たよ」

「まだ開店してないのにか？」

「そうじゃなくて大龍商店を訪ねてきたみたい」

「まさか」

「ししゃものお店はもうやってないんですか、って」

「女か？」

思わず聞いていた。

「ううん、若い男。リュック背負って、バックパッカーぽかった」

バックパッカーの意味がわからなかったが、バツが悪く黙ったままでいた。

しばらく沈黙が続いた。

「私、ずっと忘れてたんだよね」

温かな息をつくように多恵が言った。横目で見ると、くちびるがわずかにほころんでいる。

多恵の笑みはすでに珍しくはなかったが、何度目の当《ま》たりにしても、はっと胸を突かれ、甘い汁のような歓びが腹の奥から滲み出した。

「自分のお店を開くのが子供のころからの夢だったこと」

「そうなのか」

「小学校の卒業アルバムにも書いたのに、なんで忘れてたんだろう。大龍商店を見たとき思い出したんだよね」

──お店やってみたいな。

貴和子の声が頭蓋を震わせる。

戻ってきたみたいだ。そう思うと、昇のうなじがさざめいた。モノクロに塗られたような七十八年間の人生のなかで、唯一きらきらと輝き、鮮やかに色づいたあの時間が、いまここに戻ってきたようだ。

多恵がなにか言ったが、聞き逃した。

「私も運転してみようかな、って言ったの」

「できるのか？」

「免許はあるよ。十年以上運転してないけど」

「危なくて任せられん」

「でも、むかわで暮らすなら運転できないと不便だから」

この先もむかわで暮らすつもりなのか？　暮らしてくれるのか？　何年だ？　一年か？　三年か？　それともずっとか？

身悶《みもだ》えするほど聞きたいことを口にできないのは、若いころからのことだった。

「今日みたいにノボちゃんが腰痛いときに、代わりに運転してあげられるしね」

「どうってことないさ」

「でも、そんなにまめに掃除しなくてもいいんじゃない？　週一でも十分だと思うよ」

多恵はそう言ったが、昇はアパートをできるだけ見栄えよく保ちたかった。

先日、アパートを売りに出した。不動産会社によると、二、三の問い合わせがあるものの、まだ本格的には動いていないらしい。正式に売却が決まるまで、週三日の清掃と除雪は休みたくなかった。

車から降りたとき腰に鋭い痛みが走った。う、とうめき声が出る。

「どうしたの？」

「いや」

足を踏み出そうとしたら、腰から下が痺れていることに気づいた。

「腰痛いの？」

多恵が近づいてくる。

「運転したのがよくなかったかな」

「だから無理しないほうがいいって言ったのに。すごく痛い？」

「足が、少し、痺れているような気がする」

「病院行こう。来る途中にあったよね」

「そんな大げさな」

「私、運転してみるよ」

「冗談だろ」

「だって足痺れてるんでしょ」

多恵に腕をつかまれ、ほとんど強引に助手席に押し込まれた。ずん、ずん、ずん、と脈動のような痛みが腰から放たれ、右足はしもやけにかかったように感覚が薄い。

がっ、と車が急発進し、がっ、とすぐに止まった。体が放り出されそうになり、腰に火花が散った。

「いたたたた」

「あ、ごめん。アクセル踏みすぎたみたい」

多恵は平然としている。

「大丈夫か？」

「たぶん」

今度はスムーズに発進し、なんとか車の流れに乗った。速度メーターを見ると、六十キロを超えている。右側を大型トラックが追い抜いていき、車がガタガタッと揺れた。

「大丈夫か？」

無意識のうちに繰り返していた。

「別に死んでもいいし、私」

自分に言い聞かせるような口調が気になった。多恵の黒い瞳はまっすぐ前に向けられている。

「俺は死にたくない」

返事はない。

「俺はまだ死にたくない」

体の奥からこみ上げてきた衝動に任せ、昇は繰り返した。

「そっか。そうだよね」

多恵の瞳がわずかに揺らいだように見えた。

病院にかかるのは久しぶりで、最後がいつだったのか覚えがないほどだ。昇としては、このくらいで病院に来るなんて、と医者に嫌味を言われるのではないかと思ったが、予想に反して検査に時間がかかり、終わったときにはぐったりと疲れていた。

待合室に戻ると、多恵の姿が見えない。

まさか、という言葉が頭に浮かび、血の気が引いた。

しばらくベンチに座って待ったが現れず、一階を見てまわった。嫌な予感に鼓動が速くなる。待合室は大勢の人でにぎわっているのに、言葉を知らない国にひとり置き去りにされた気分だった。急き立てられるように玄関を出た。腰の痛みは気にならない。駐車場を確かめると、昇の軽自動車はそのままの場所に停められていた。

病院内に戻ると、待合室に立っている多恵が目に飛び込んできた。昇を探しているのだろう、左右に顔を動かしている。

「あ、ノボちゃん」

昇に気づき、手を上げる。

「どうしたの？　腰、大丈夫なの？」

「ちょっと車を見てきただけだ。それより、どこへ行ってたんだ」

「トイレ」

そっけなく答える多恵に、怖かった、とまっすぐぶつけたくなった。おまえがいなくなったんじゃないか。またひとりきりになってしまうんじゃないか。そんな気がして怖かった、と。

帰りも多恵が運転し、陽が落ちないうちに家に着いた。

家の前には紺色のワゴン車が停まっていた。

昇の車が停まり切らないうちに、助手席のドアが開き、甥嫁の太った体が現れた。続いて、後部座席から見知らぬ男が降り、最後に運転席から甥が出てきた。

「一時間も待ったんだけど」

甥嫁が不機嫌に言い放つ。

「約束した覚えはない」

「大事な話があるの。あ、この人、私の兄。札幌で行政書士してんの」

甥嫁が「この人」と言ったのは、眼鏡をかけた五十くらいの男で、だらしない太り方が甥嫁とそっくりだった。

「話はなんだ」

「ちょっとー。わざわざ札幌から来たんだから家に上げてよ。大事な話だし、こっちは折れようって言ってんの。伯父さんの人生だもの、伯父さんの好きにすればいいってね」

昇は多恵に目をやった。見つめ返す多恵の顔に、怒りや嫌悪といった感情はなく落ち着いていた。

「家に入らないと腰に悪いよ」

多恵の言葉に、「ほら伯父さん、この人もこう言ってるじゃない。寒いから早く入りましょうよ」と甥嫁が便乗した。

家に入ると、腰を落ち着けるまもなく甥嫁が切り出した。

「苫小牧のアパート、売りに出したそうじゃない」

予想どおりだった。紺色のワゴン車を見たときから、その件でやってきたと思っていたのだ。

「ひどいじゃない。私に言ってくれればいい不動産屋紹介したのに。こないだ、せっかく査定までしてあげたのにさ。ああ、ちがうのちがうの。別に怒ってるわけじゃないから気にしないで。ただ、相変わらず薄情だなあと思っただけ」

そう言って、甥嫁はあごの肉を揺らして笑った。

「ところでふたりはまだ籍入れてないんでしょ？」

答えないことを肯定と受け取ったようで、わざとらしい笑顔で昇と多恵を交互に見る。

「あれから相談したんだけど、私たち、ふたりの結婚を認めることにしました」

宣誓するような口調だった。

なにを言っているのだろう、と昇はおかしさと腹立たしさが混じり合った気持ちになった。多恵がどう感じたのか不安になったが、他人事を聞いているような顔つきで、首をぽりぽりかいている。

「その代わりといっちゃなんだけど」

そう言って甥嫁は、行政書士とやらの兄をひじでつついた。

男は黒いビジネスバッグから一枚の紙を取り出すと、昇のほうに向けてテーブルに置いた。

「きちんと借用書を用意しました」

かしこまったふうに告げる。

「なんだこれは」

老眼鏡をかけるまでもなく、「金壱仟萬円」という文字が目に入ってきた。

「こないだお願いしたじゃない。いま、ほんとうに会社が危ないの。年越せたのだって奇跡なんだから。うちの息子たちがまだ学生なの知ってるでしょ。このままだと学校にだって行かせられなくなっちゃう。ううん、それだけじゃ済まない。この人、追いつめられてるの。お義父《とう》さんみたいになるかもしれない。そうなったら伯父さんだって夢見が悪いでしょ」

自分の言葉に追いかけられるように甥嫁はせっぱつまった口調になっていった。

その隣にいる甥はさっきからひとことも発していない。猫背であぐらをかき、恨みと憎しみを露わにした上目づかいを昇に向けている。十数年前がよみがえる。弟の葬儀のとき、甥は昇に「あんたが殺したんだ」といまと同じ目つきで言ったのだった。

「それからね、あなたは一筆書いてね」

甥嫁は多恵を向くと、バッグから便箋とボールペンを取り出した。

「結婚しても遺産はいっさい受け取らない、って。別にいいよね。だって、伯父さんのこと愛してるんでしょ？　歳の差なんて関係ありません、ってさ」

そこで言葉を切ると、耳ざわりな笑い声をあげた。

「金目当てじゃないものね。愛だもんね。だったら当然、一筆書けるよね」

昇はなにか言おうとした。が、腹の底で渦巻く激しい感情が言うべき言葉をのみ込み、くちびるが小刻みに震えるばかりだ。

甥嫁が口を閉じると、締めつけるような沈黙に包まれた。さっきまで首をかいていた多恵が袖口の毛玉を取りはじめる。

「そんなの書かないよ」

袖口に目を落としたまま、ぶっきらぼうにつぶやいた。

「ほら、本性が現れた。やっぱり金目当てじゃないのさっ」

甥嫁が勝ち誇ったように叫ぶ。

「ね、伯父さん、わかったでしょ。この女が金目当てだってこと。介護が心配なら、私らのうちに来ればいいんだって。なんも心配いらないって。悪いようにはしないから、だからお金貸してちょうだい」

「一千万なんかない」

声が震えた。

「じゃあ、いくらなら出せるのよ」

「いくらもない」

「ふざけないでよっ」

悲鳴のような声だった。

「こいつ人殺しだぞ」

甥が低く言う。その目は昇ではなく、多恵に向けられている。

「こいつは俺の親父を殺したんだ。血のつながってる弟を見殺しにしたんだよ。親父を殺された俺たちがこんなに頼んでるのに、よくそんな態度でいられるよな。普通、詫びるだろうよ。これがこいつの本性なんだよ」

「私も人殺したことあるから平気」

多恵が言った。親指と人差し指で挟んだ毛玉にふっと息を吹きかけると、やっと視線を上げ、テーブル越しの三人ににっと笑いかけた。

「冗談でしょ？」

甥嫁の言葉は、昇の心中と同じだった。冗談だろ、という気持ちを込めて多恵の目を見据えたが無視された。

「帰ってくれ」昇は声を張った。「これ以上居座ると、近所の連中を呼ぶぞ」

最初に腰を上げたのは甥だった。昇を睨みつけたまま、「もう二度と会うことはないだろうな」と吐き捨てた。

「私は赦しませんからね。また来ますからね」

甥嫁は正反対のことを言う。

「死ねよ」

出ていく間際、甥は唾を吐くように言った。

昇が訊ねるよりも先に多恵が「ほんとだよ」と口を開いた。

「私、いちばん大切な人を殺したんだ」

セーターの袖口にもう毛玉は見当たらないのに、繊維を引きちぎるように指を動かしている。

「息子。小学生だった。お腹が痛いって言ってたのに、たいしたことないと思って旦那に任せて遊びに出かけたの。帰ったら旦那はいなくて、布団であの子冷たくなってた。それからのことはよく覚えてない。気がついたら三年もたってて、家も家族もお金もなくなってた。あの子、馬が好きだったんだよね。いつかサラブレッドを見に行こうって約束してたんだ。だから、最後に約束を果たそうと思って北海道に来たの」

だからここを訪ねてきたとき、競走馬のいる新冠と浦河に行ってきたと言ったのか。そう思い至ったが、かけるべき言葉は見つけられなかった。多恵の目に涙はなく、逆に乾き切って見えた。

居間には薄闇が入り込み、冷気が足もとから這い上がってくる。

昇はストーブの温度を二度上げた。ついでにカーテンを閉めようと窓に近づくと、電信柱の横に立って家を見上げている男と目が合った。黒っぽい防寒着と帽子。表情は見えなかったが、昇と目が合った途端、逃げるように立ち去った。その背中にはリュックサックがあった。

不審さを覚えなかったのは、男がどこか幼く、頼りない印象だったせいだろうか。

そういえば、リュックを背負った若い男が昨日店に来た、と多恵が言っていた。同じ男だろうか。多恵に声をかけようかとほんの一瞬迷い、黙ってカーテンを閉めた。

病院に運ばれたのをきっかけに、アパートの清掃を不動産会社に任せることにした。

腰は加齢による脊柱管狭窄症《せきちゅうかんきょうさくしょう》というものだった。痛みが我慢できなくなれば入院治療したほうがいいと言われたが、処方された薬の効き目は驚くほどで、痛みはほとんどなく、コルセットをすれば普段どおり動くことができた。ただ薬を飲むとしばらくのあいだ、とろとろとした睡魔に襲われるのが玉に瑕《きず》だった。

朝食後、一階に下りる多恵を見送ってから昇は布団に戻った。窓から射し込むやわらかな陽光が神経を弛緩させ、まぶたを重くさせた。階下からこもった音が聞こえてくる。掃除をしているのか什器《じゅうき》を移動しているのか、多恵の発する音が鼓膜を心地よく震わせ、昇は睡魔に身をゆだねる。

ふと、人の気配がした。

顔を向けようとするが、目は開かず、体はぴくりとも動かない。多恵か？　と聞こうとしても声にならない。ああ、脳が起きていて体が寝ているのだな、と頭のなかの冷静な部分で思う。こういう状態を表す言葉があったはずだが、なんて言っただろう、思い出せない。

畳を踏みしめる音が近づいてくる。多恵が様子を見に来てくれたのだな、と思う。が、多恵にしては足どりが軽い。畳に足がめり込むときの、みしり、という音がせず、まるであめんぼうのように軽く跳ねるようだ。

布団がめくられ、ぎょっとする。が、体は動かない。

するっと布団に入ってきたのは、甘いにおいをまとった熱っぽい体だった。

多恵か？　多恵なのか？　頭のなかで呼びかけた。しかし、多恵でないことはわかる。昇の腕にすがりつき体を絡ませようとする女は華奢で、血液や内臓の熱が伝わるほど皮膚が薄い。

貴和子か？

ふふふ、といたずらっぽい笑い声を聞いた。

――私、女だよ。

貴和子の声が耳に吹き込まれた。

だめだっ。昇は叫んだ。貴和子にではなく、自分自身に。

貴和子を押さえつけたい。意のままにしたい。その薄い皮膚をなぞりたい。腹の底から湧き出た衝動に昇はうろたえた。

指先が痙攣《けいれん》するようにぴくっと動いた。昇の指はやわらかな肉と湿りけを帯びた肌を求めていた。

――男と女だもん。

多恵の声がよみがえる。

その瞬間、貴和子の気配がかき消えた。

昇の目が開いた。

布団には昇しかいない。多恵も、もちろん貴和子もいない。錯覚だと十分理解しながらも、自分が、自分ではない体温に包まれている気がした。

階下から多恵が発する音が聞こえる。

昇の気持ちが固まった。

固まったら、気が急いた。

昇は裏口から外に出て、店の正面にまわった。引き戸を開けるとき、つい「ごめんください」と言ってしまうのは、ここは多恵の場所だという意識が働くからだった。

店は開店準備がほぼ整っている。床には木目調のフロアタイルが敷かれ、中古ではあるもののよく手入れされたテーブルと椅子が配置されている。左手の小上がりには、座卓が三つ。店とバックヤードのあいだには、レジ台を兼ねた棚がある。

多恵はバックヤードの棚を拭いていた。昇に気づき、「あ、ノボちゃん」と、おそらく昇にしかわからない程度のほほえみを浮かべた。

「話がある」

「スーパー行かない？」

声が重なった。

「じゃあスーパー行きながら話そうか」

そう言って笑みを広げた多恵に、昇の胸は甘く疼《うず》く。

運転するという多恵を制し、昇は運転席に座った。腰も痛くないし、足も痺れていない、大丈夫だ、と確認し、慎重にアクセルを踏み込む。

「店の準備は順調なのか？」

わざわざ聞かずとも知っていたが、なにげない会話で間を埋めたかった。

「うん。予定どおり三月一日にオープンするつもり。明日、保健所の人が来て、それから営業許可が出るまで少しかかるみたい。あと一か月あるからゆっくり準備できるよ」

近所のスーパーを通りすぎたが、隣町まで行くと思っているのか多恵はなにも言わない。

片側一車線の国道を、町の中心部と逆方向へと走っていく。すぐに建物が途切れ、雪原のあいだを縫う一本道になる。灰色の電線が、まるで道しるべのようにどこまでも続いている。漁協に勤めていたころ、毎日通っていた道だった。

薄青の澄んだ空が、国道の先まで広がっている。フロントガラス越しの陽光が昇の頬を温める。果ての見えない雪原がまばゆい輝きを放っている。七十八年生きてきたが、こんな好天ははじめての気がした。奇跡のような美しさに包まれていると感じられた。

「少し寄り道をしていいか？」

牧場の看板の手前で国道を右に曲がった。

海へと続く道は両側に雪が積み上げられ、車がぎりぎりすれちがえるほどの幅だ。単線の線路が横切り、その向こうに冬の穏やかな海がある。

「似た者同士というつもりはない」

それだけで伝わったらしい。

「その話はやめてよ」

「すまん」

「あやまることないけど」

すまん、と昇はもう一度口にした。

線路を渡り、車を停めた。枯れ草が残った雪原はうっすらと青みがかり、その向こうで小さく波打つ海は晴れているにもかかわらず冷たい鉛色だ。

「結婚しないか」

ひと息で告げた。

多恵の顔をのぞき込む勇気はなく、薄灰色にけぶった水平線を見つめ続けた。

「迷惑はなるべくかけない」

沈黙に耐え切れず、そうつけたした。

多恵が小さく笑う。

「私はノボちゃんとずっと一緒にいるつもりだったよ。ノボちゃんだってそうなんじゃないの？ あの人たちが、結婚するのか、ってノボちゃんに食ってかかったとき、あー私この人と結婚するのか、って思ったよ」

昇はまだ多恵を見ることができない。

「昔、一度だけ結婚したことがある」

「前に聞いたよ。キワコって人でしょ」

彼女と暮らした時間は、そこだけ色がついた記憶のはずだった。しかし、いまは色褪せたなつかしい写真のようだ。

昇はすぐ隣の多恵に顔を向けた。陽光を反射した黒い髪、輝きをためた瞳、ふっくらとした頬、血色のくちびる、首の小さなほくろ。吐く息にさえ、色と形があるかのようだ。そばにいる人の鮮やかさに比べれば、あのころの記憶は薄めすぎた絵の具でなぞったように曖昧だ。貴和子と暮らした思い出がやっとあるべき場所に戻ったのを感じた。

「結婚したのは貴和子とじゃない」

昇は告げた。イボをさわっているのを自覚していたが、手を離すことができない。

「三十三のときだ、結婚したのは」

相手は一柳《いちやなぎ》ミツといった。十歳になる女の子がいた。

ミツとは飲み屋で出会い、すぐに一緒に暮らしはじめた。あのときはミツの垢抜けた雰囲気に惹《ひ》かれたはずだったが、いまとなってはオレンジジュースを飲んでいた貴和子の覇気のない横顔がくっきりと焼きついている。着飾った母親に対し、娘は貧相だった。髪はぼさぼさで、毛玉だらけのセーターは明らかにサイズが小さく、かすかな胸の膨らみが確認できるほどだった。

醜いイボと社交的とはいえない性格のせいで、ひとりさびしく人生を終えるのだと三十代ですでに覚悟していた昇は、ミツのような華やかで明るい女と結婚できたことに舞い上がった。両親を立て続けに亡くしてまもないころだったからなおさらだった。ただひとつ気になったのが、貴和子の態度だった。貴和子はほとんどしゃべらず、笑うこともしなかった。話しかければ最小限の返答はしたし、母親に「お父さんって呼びな」と言われ、棒読みの小声ではあったが昇をそう呼んだ。が、気配の薄いひっそりとした雰囲気は、まるで物陰に隠れて息を殺し、昇とミツの様子をうかがっているかのようだった。このまま貴和子が自分になつかなければ、ミツは娘を連れて出ていってしまうかもしれない。昇は、穴ぐらのような目をした貴和子に苛立《いらだ》ち、邪魔に感じるようになっていった。そして、そう感じていることを見透かされている気がして落ち着かなかった。貴和子が喜びそうな洋服や本を次々に買い与え、買い物やドライブに誘ったのは、罪悪感を埋めるためだった。

気がつくと、貴和子ばかりを目で追うようになっていた。

今日も無表情なのか。なにを考えているのか。ここでの暮らしが気に入らないのか。まだ笑わないのか。いったいどうしろというのだろう。どうすれば笑ってくれるのか。

あのころの昇には、大部分のことが見えていなかった。

ミツが留守がちになり、家にいるときは不機嫌で、家事をするどころか昇と口をきかないこともあった。しかし、もともとミツは自由奔放で感情の起伏が激しい女だったから、昇はさほど気にしなかった。飼い慣らすことのできない猫のような性分が彼女の魅力でもあった。

貴和子がはじめて自分から話しかけてきたのは、ミツのいない夜だった。夕食を出前で済ませ、テレビを観ていたときのことだ。

「肩たたき、しようか？」

突然、そう言った。相変わらずの無表情だった。

肩など凝っていなかったが、「ああ、じゃあお願いするかな」と貴和子に背中を向けた。小さな手が、トン、トン、トン、とリズムよく肩に打ち下ろされる。弱く、頼りない力だ。少女の無防備な息が、昇の耳をかすめ鼻先をくすぐる。ためらう気配を背後に感じ、「どうしたんだ？」と聞いた。

「あのね、お店やってみたいな」

貴和子がぽつりとつぶやいた。昇が振り向くと、驚いたように一歩後ずさった。

「よし、やろう」考えるまもなく答えていた。「土曜と日曜だけだけど、一緒にお店をやろう」

貴和子は笑った。目尻が垂れ、頬がこんもりと盛り上がり、恥ずかしさと人なつこさが現れた。小さな花が咲くようなふわりと香る笑みだった。この子の目はこんなに黒く輝いているのか、とそのとき昇は不思議なものを目の当たりにしている気分になった。

店は赤字だったが、そんなことはどうでもよかった。儲けるための店ではなく、貴和子を喜ばせるためだけの場所だった。「いらっしゃいませ」と照れくさそうに口にするエプロン姿の貴和子は、ほんとうにかわいらしかった。

「海産物の店?」

多恵が訊ねる。

「ああ、大龍商店だ」

「その子、そんなにかわいかったの?」

「ああ」

あまりにも無邪気でかわいらしく、なぜだか罪の意識を感じるほどだった。

ミツに男がいると知ったのは、それからすぐのことだった。

昇が問いつめると、「自業自得じゃないのさ」と不敵な笑みが返ってきた。

「どういうことだ?」

「あんた、その子ともうやったの？」

ミツは、居間のすみで膝を抱える貴和子をあごでしゃくった。

「どういうことだ？」

瞬時に耳まで真っ赤になったのを感じた。

「言っとくけど、ただじゃやらせないよ」

「どういうことだ？」

「あんた、オウム？　まあ、鳥並みのおつむだよね」

ミツはせせら笑うと、背後を向き、おいで、と貴和子を手招きした。のっそり立ち上がり二、三歩近寄った貴和子を、ミツはいきなり平手で打った。貴和子が床に崩れ落ちる。

「あー、いらいらする。なんなんだよ、おまえは。この疫病神、淫乱《いんらん》女。目障りなんだよ。おまえみたいな女は死んだほうがいいんだよ」

そう言うと、貴和子の腹を蹴りつけた。

「なにをするんだっ」

昇が止めたことで勢いがついたミツは般若《はんにゃ》の顔で、貴和子の肩を、腰を、手で覆った顔を、狂ったように蹴りつけた。貴和子は声ひとつ漏らさず、体を丸めてされるがままになっている。

昇はミツを殴った。手のひらではなく、こぶしを頬に叩き込んだ。倒れたミツは昇を睨みつけながら、ぷっと口からなにか吐き出した。唾かと思ったが、血まみれの歯だった。

「結局、あんたもこの女にたぶらかされたんじゃないの」

それがミツの最後の言葉だった。その夜、ミツは昇と貴和子を置いて出ていった。

「どのくらい？」

フロントガラス越しの海を眺めたまま多恵が聞いてくる。

「なにがだ？」

「結婚してどのくらいだったの？」

「一年もたっていなかった」

「奥さんが出ていってさびしかった？」

「いや。さびしくはなかった」

ミツが出ていくことをあんなに恐れていたのに、喪失感のない自分が不思議だった。昇を苦しめたのはミツの不在ではなく、ミツが残した言葉だった。

――あんた、その子ともうやったの？

――ただじゃやらせないよ。

あれはどういう意味なのか、貴和子に訊ねることは憚《はばか》られた。母親に捨てられたというのに貴和子は動揺を見せず、「すぐに戻ってくると思う」とぼそりと告げた。こういうことははじめてではないという。

ミツが出ていってまもない夜のことだ。

昇の眠りに穴を開けたのは、空気のざわめきだった。覚醒した耳が衣擦れと忍び足を捉《とら》えた。次の瞬間、小さな体がするりと脇のあいだに潜り込んできた。ふふふ、と忍び笑いを聞いた気がする。ぎょっとした。が、父親なら平然としているのではないかと考え、狼狽《ろうばい》した自分に嫌気が差した。

「どうした？」

昇は冷静さを装った。

貴和子の体は華奢で関節が尖っていて、しかし薄い皮膚の内側でやわらかな肉が育っている気配がした。パジャマを着ているのに、剝《む》きたての裸が密着しているように感じられた。

「特別にいいよ」

幼い息で貴和子が言った。昇の腹に片手をのせ、抱きつくように寄り添っている。

「なにがだ」

声が掠れないよう、唾をのみ込む音がしないよう、注意深く発音した。

「男の人はみんなこういうのが好きなんでしょう？」

「こういうの？」

「さわったり、さわられたり」

甘えた声で言う。

「誰がそんなこと言ったんだ」

「お母さん」

「お母さんの言うことなんか信じちゃだめだ」

「でも、みんな好きだったよ」

「みんなって誰だ」

「いままでのお父さんとかおじさんとか。私もときどき好きだよ」

きーん、と頭のなかで機械音が鳴った。子供の肌が放つ洋菓子に似たにおいが濃くなっていく。一瞬でも気を抜くと、夜の底に引きずり込まれてしまいそうだった。

「そんなことしちゃいけないんだ。貴和子はまだ子供なんだから」

「私、女だよ」

ささやきが、昇の全身に鳥肌を立てた。自分に密着しているのは、暗闇にひそむ得体の知れない軟体動物のような気がした。

「いや。貴和子は子供だ。お父さんの大事な子供なんだ」

自分の言葉で催眠術が解けたようになった。そうだ、俺はこの子の父親なのだ。なにがなんでもこの子を幸せにしなくてはならない。子供らしい歓びを与えなくてはならない。俺は父親なのだから。

お父さん、と貴和子がためらいがちに言った。

「なんだ？」

「あのね、お金がいるの。修学旅行のお金」

「そんなことか。明日渡すよ」

「いいの？」

「あたりまえじゃないか」

「なにもしなくてもくれるの？」

昇は言葉を失った。

俺は父親だ、と力ずくで言葉を引き寄せる。自分の命をなげうってでもこの子を守らなければならない。つらい思いをさせてはならない。そう噛みしめると、いとおしさと悲しさが胸に広がった。

「それでどうしたの？」

助手席の多恵が顔を向ける。

「それだけだ」

前を見たまま答えた。ぶっきらぼうになったのに気づき、「朝まで一緒に寝た。それだけだ」とつけたした。薄灰色の水平線の帯が少しずつ膨らんでいくように見える。

「好きだったんだね、その子のこと」

「ああ。いい子だった。かわいそうな子だった」

「そうじゃなくて」

多恵がほほえむのを感じたが、目を合わせることができない。

「愛してたんでしょ？」

この子と出会うために、この子と一緒になるために、この子を幸せにするために、自分は生まれてきたのだ。そう思うのを愛していると呼ぶのかどうか、七十八のいまでも昇にはわからない。

貴和子との別れはあっけなかった。ある日、勤め先から帰ると貴和子も、貴和子の持ち物もすべて消えていた。翌日、警察に連れていかれた昇には、女子児童を監禁し、猥褻《わいせつ》な行為をした疑いがかかっていた。貴和子に会わせてくれと繰り返したが、自分の望みが叶えられないことは承知していた。その夜、警察から家に帰るとミツの代理人を名乗る男が待っていた。なにも考えられず、男に言われるがまま離婚届に署名と捺印をし、金を渡した。昇の容疑は晴れた。

「それきりだ。幸せになってるといいんだが」

「私、その子に似てるの？」

「どうかな」

急に照れくさくなった。

「ノボちゃん、私のこと愛してるんだね」

昇は答えなかった。答えられなかった。愛しているというのがどういうことなのかやはりわからず、鼻の下のイボをさわり続けた。


婚姻届を出したのは二月三日だった。

昇はひとりで役場に行き、そのまま車で苫小牧に向かった。アパートが売れたのだった。手続きを済ませて不動産会社を出たときには雪がちらついていた。

「さて、家に帰るか」

意識して声に出し、エンジンをかけた。

ノボちゃんが帰ってきたら私たち夫婦なんだね。そう言って見送ってくれた多恵を思い返し、口もとが緩んだ。

赤信号で停まっているとき、いま西南西を向いていないだろうか、と思い当たる。昇は助手席のレジ袋に手を伸ばした。昼食を食べていないため空腹だった。

次の信号を曲がれば、西南西ではなくなってしまう。急がなければ。

不動産会社の隣のコンビニに貼ってあったポスターを思い出す。こんな恥ずかしいことは多恵の前ではできない。

自分の願いごとはなんだろう。言葉に置き換えることはできないが、心の芯でわかっている気がした。

信号が青になった。アクセルを踏みながら西南西に向かって、昇は恵方巻きにかぶりつく。

第二章

二〇一三年一月

「超熟女専門」売春クラブ摘発

「超熟女専門」売春クラブ摘発

警視庁保安課は26日までに、売春防止法違反（周旋）容疑で、東京都中野区中央の派遣型売春クラブ経営の女（69）ら3人を逮捕した。従業員の平均年齢は64歳で、最高齢は81歳。これまで摘発した売春クラブでは最も平均年齢が高い。利用客は高齢者が中心で、「おばちゃんたちは優しいから利用した」などと話しているという。

——毎朝新聞　二〇一三年一月二七日朝刊

我慢の限界だ、と小浜《こはま》芳美は思った。頭のなかでそう叫ぶ自分の声がはっきり聞こえた。その声で、ずっと我慢してきたのだと気づいた。なにをだろう、と疑問を感じたのは一瞬のことで、すぐに、なにもかもをだ、と答えを叩きつけた。

芳美はくちびるを横に引き、口角をつり上げた。まっすぐに相手を見つめる。

「そうですか。わかりました」

余裕のあるほほえみに、蔑《さげす》みの表情を落とし込む。私はいくらでも働くところがあるのよ、ひとつの会社に縛られてるあんたとはちがってね。頭に浮かべた言葉が相手に伝わるようまなざしに力を込める。

「じゃ、そういうことで」

人事の女は表情を変えずに言う。四十前後だろう。隙のない化粧をし、いつも同じようなスーツを着ている。自分をできる女と思っているのが気に食わない。芳美より十も年下のくせに、淡々と指示するところも、落ち着き払った態度も、そうだ、最初から気に食わなかった。私はこの女にもずっと我慢してきたのだ。

雇用契約の延長はしないと告げられたところだ。パーテーション越しのキーボードを叩く音が自分に向けられた嘲笑《あざわら》いに聞こえる。キーボードを叩いているのは芳美と同じ契約社員だ。二十代から五十代まで、女ばかり二十人以上いる。あいつらにもずっと我慢してきた。そう思ったら、血の温度が上がるのを感じた。

「どうしてでしょう」

自分の声にぎょっとする。そんなことを口にするつもりはこれっぽっちもない。むしろ、絶対に聞かないつもりだったのに勝手に言葉がこぼれ出る。

「どうして延長してもらえないのでしょう」

「どうしてって、単に契約期間が満了するからですよ。小浜さんとは二年の契約ですから」

そんなことはわかってる、と言いたい。私が聞いてるのはそんなことじゃない、と怒鳴りつけ、テーブルを叩いて立ち上がり、デスクの上のものをなぎ倒しながら、いますぐ職場を出ていきたい。しかし、お金のためにそうしない。そんな自分にもずっと我慢してきた。

芳美は人差し指をくちびるの下に添え、「ああ、そうでしたね」と薄い笑みをかろうじて継続させた。でもほかの人たちとは契約延長してるじゃないか、という言葉を必死に堰《せ》き止めデスクに戻った。芳美と同じ立場の女たちがカタカタとキーボードを打ちながら、決して目が合わないようスリのように視線を投げてくる。そのなかには先月、契約延長をした女がふたりいる。二十九歳と三十歳の、どちらもぱっとしない女だ。芳美の視線に気づいているのかいないのか、ふたりともパソコン画面を凝視し、キーボードを打つ手を止めない。猿でもできる仕事をありがたく延長してもらったくらいで優越感に浸っているのかもしれない。

そう考えると、胃がねじれるほどむかついた。

入会申込書の内容を入力するだけの仕事だ。朝九時から夕方五時まで働いても、ひと月十五万円にもならない。どうして私がこんなことをしなきゃいけないのだろう、といままで何度も思ったことを改めて思った。

契約社員になる前は無職だった。テレビとネットとレンタルＤＶＤを観るだけで一日はあっというまに終わったし、ただ暮らすだけで財産分与でもらったお金はなくなった。あのなにもしない毎日にもうんざりだった。世界のすみで誰にも見られず朽ちていくようで、どうして私がこんなしみったれた生活をしなきゃならないんだろう、と吐き気を覚えたのだった。契約社員とはいえ仕事が決まったときは、自分の人生はこれから再び上向くだろうと根拠もなく信じられたのに。

来月、五十三になる。新しい仕事は見つかるだろうか。弱気になった自分自身に裏切られた気がし、景気づけにワンピースでも買って帰ろうと決める。

　仕事帰りは決まってデパートに寄る。渋谷、新宿、池袋、いずれかのデパートでたっぷりと時間を潰してから東武東上線に乗り、成増《なります》にあるアパートに帰るのはたいてい九時すぎだ。夕食はコンビニ弁当か持ち帰り弁当が基本で、給料日はデパ地下、給料日前はスーパーの半額狙いとなる。

　その日は、新宿に立ち寄った。あと数日で九月が終わる。ショーウインドウは落ち着いた色合いで飾られ、マネキンは秋を通り越して初冬の装いだ。芳美は、エメラルドグリーンとパープルの大きな花柄のワンピースを試着した。心が華やかなものを求めていた。鏡と向き合い、愕然《がくぜん》とする。滑稽、という言葉が浮かんだ。

「あら、素敵。よくお似合いですよ」

　店員の言葉に、「ほんとう？」と反射的に返していた。

　鏡に映っているのは、痛々しいおばさんだった。きれいでスタイルのいい若い女の洋服をうっかり着てしまい、そんな自分にうろたえている終わった女。

　そんなはずはない、と思う。化粧直しを丁寧にしなかったせいかもしれない。チークが落ちているし、口紅の発色が悪い。ファンデーションも薄すぎる。しかし、違和感があるのは顔だけではなく、華奢なベルトで締められたウエストはでっぷりしているし、裾から出た足はハリがなく血管が浮き出ている。芳美がイメージするより二十も老いた自分がそこにいた。

「やっぱりきれいな柄だとお顔が映えますよね」

そう言われ、ほんとう？　と芳美は繰り返した。

「なんだか全然似合ってない気がするんだけど」

「普段、こういった大胆なプリント柄って着ます？」

「着ないけど」

「じゃあ、見慣れてないからですよ。そういう方、多いですよ」

そう言われると、そんな気がしてきた。芳美は鏡に向かって体の角度を何度も変えた。

「ほんとうに似合ってる？」

「ええ。とってもお似合いです」

店員の笑顔に嘘は感じられない。芳美は、じゃあいただくわ、と鏡から目を離した。

化粧品売り場では口紅を買った。ほんとうは秋冬用のファンデーションも欲しかったが、一度に購入するのは無理だった。

ほら、また我慢してる、と思ったのはデパートを出てからだ。我慢ばかりでもう限界だ。人事の女の無表情な顔が浮かび、なにもかもを罵倒したくなった。

ふと、視線を感じて振り返る。

肩にぶつかったサラリーマンが、舌打ちを残して追い越していく。雑踏に見知った顔はない。それでも見られている感覚が消えない。

あの女だ。

どん底のときに限って感じる、蔑むようなこの視線。あの女がどこからか、いまの私を見てせせら笑っている。

はじめてあの女の視線を感じたのがいつなのか、思い出せない。しかし、遡《さかのぼ》ることはできる。契約社員として働きはじめたばかりのころだ。芳美の指導役についたのは二十代の、正社員ではあったが頭の悪そうな女だった。彼女は、芳美がミスをしたり質問をしたりするたびに、巻き髪を指に絡めながらわざとらしいため息をついたが、あるとき、やっぱ歳取ると脳細胞って死ぬんだなあ、とひとりごとの口調でつぶやいた。芳美がなんとか堪《こら》えたのは、お金のこともあったが、正社員への登用の望みを持っていたからだ。ひきつった愛想笑いを浮かべた瞬間、あの女の視線を感じたのだった。その前は無職の時期だ。昼間からワインを飲みすぎ、自室のトイレで吐いていると、後頭部にあの女の視線が突き刺さった。

離婚したときもそうだ。自分から言い出したにもかかわらず、追い出されるような気持ちで荷物をまとめていた。怒りと惨めさで涙が止まらない芳美をあの女は見ていた。

一柳貴和子――。

あの女にはじめて会ったのは中学生のときだ。高校で再会すると、景山貴和子になっていたが、すぐにまた一柳に戻った。

もし神様がいるとしたら、配役をまちがえたとしか思えない。あの女は、芳美の人生に登場するべき人間ではなかった。もともと登場しないはずの人間だから、いつまでたっても退散しない。貴和子さえいなければ、芳美は本来の恵まれた人生を歩んでいたはずだ。

幸せにならなくてはいけない、と奥歯を噛みしめるように思い、絶対に、とつけたし、貴和子よりも、とさらに加える。

芳美は気づく。貴和子と会ったときからずっと我慢していたのだ、と。

「あいつまじで殺してぇ」

自分が言ったのだと、一瞬思った。

「ほんと死ねって感じ」

女子高生のすれちがいざまの声が芳美の耳に残った。

殺したい人間はたくさんいる。元夫。人事の女。指導役だった女。職場の契約社員たち。もし、ひとりだけ殺していいと言われたら、迷うことなく中学生のころに戻り、貴和子を殺す。

貴和子は知らないだろう。中学生のとき、すでに芳美の人生に傷をつけていたことに。その傷が、いまもじくじくと膿《う》んでいることに。たったひとりの、しかも地味で目立たない女のせいで自分の人生がめちゃくちゃになるなんて、あのころは考えもしなかった。

あの女が転校してきたのは、中学三年の春だった。隣のクラスだったから、しばらくはその存在に気づきもしなかった。芳美のクラスには、学年でトップ三の人気を誇る男子がいた。バレー部のキャプテンでエースだった。学校対抗の体育会のとき、彼がスパイクを決めるたびキャーッと歓声があがるほどだった。彼は芳美に気があると噂されていたし、実際、三年生になってすぐに告白された。その場でOKと返事をしなかったのは、もったいをつけたほうが自分の価値が上がると思ったし、返事を保留しているあいだ相談という名目で自慢ができるからだ。一か月たっぷりと焦《じ》らしてから彼を呼び出すと、「俺、二組の一柳さんが好きになったんだ」と言われた。「ごめん」と、告白したのは彼なのに、芳美を振るような言い方をした。

二組を見に行くと、一柳貴和子は芳美の想像とはまるでちがっていた。彼女のわけがない、と否定する自分の声が頭いっぱいに響いたが、他校の制服を着ているのは彼女だけだったし、二組の生徒に確認もした。

彼女は窓際の席で、ぼうっとしていた。ぼうっ、という言葉がこれほどぴったりな表情はそれまで見たことがなかった。大きくはないが丸い目はどこにも焦点が合っておらず空洞のようで、くちびるは弛緩したような半開きだ。夢遊病者のようにも、知能がたりないようにも見えるその横顔は野暮ったく、ひどく幼かった。毛先がぼさぼさのおかっぱ頭、ふっくらとした頬、生地のてかりが目立つセーラー服は体の成長を抑止するかのようにふたサイズほど小さかった。きれいでもかわいくもない。それどころか、顔に落書きをされても抵抗はおろか、気づきさえしないのではないかと思わせる間抜けさと鈍くささが感じられた。

「一柳さん」と彼女を呼ぶ声がした。声の主を探すように彼女の瞳が動き、やがて横に立つ男子を捉えた。緩み切った無表情がほころぶ。それはほほえみともいえないほどの表情だったが、あでやかな朱色のインクが滴ったように見えた。芳美ははっと息をのんだ。が、そんなはずはない、と改めて見直すと、もとの平凡で愚鈍な女子に戻っていた。

自分のほうが勝っている。芳美は自分にそう言い聞かせた。それなのに彼女を恐れる気持ちが生まれていた。まだ彼女と対峙《たいじ》してもいないのに敗北感が滲み出すのを感じた。世の中は私の自由にならない、私のためにあるのではない、我慢できないことで満ちあふれている、と天の声に教えられた気がした。まだ十四歳なのに、自分の人生のピークは過ぎた、と芳美は感じたのだった。

しばらく忘れていた、あの瞬間芽生えた感情がありありとよみがえった。

ピークは過ぎた——。その言葉は胸に放り込まれた石のようだった。歩調に合わせて跳ね、内側からごつごつと痛めつけた。

ふと、小学生のころを思い出す。

名札の裏に好きな子の名前を書くのが流行った。小学五、六年生のときだ。誰にも見せないルールになっていたが、誰が誰の名前を書いたのかは、クラスのほとんどが把握していた。芳美自身は誰の名前を書いたのか忘れた。しかし、男子の半数以上が芳美の名前を書いたことは覚えている。あのとき芳美は驚かなかったし、ほかの子も、やっぱり芳美ちゃんだよねえ、と納得した。

同窓会、と思いつく。小学校の同窓会の案内は二、三回届いたが、出席したことはなかった。出席しなかった理由にたいした意味はない。埼玉まで行くのが面倒だったとか、ほかに予定が入っていたとか、特に行きたいと思わなかったとか、そんなところだ。

小学校の同級生に会いたくてたまらなくなった。同級生に会えば、自分の人生を取り戻せる気がした。芳美は、元男子の胸もとを人差し指でつつき、「ねえ、名札に私の名前書いたの覚えてる?」と妖艶《ようえん》にほほえむ自分を想像した。

自然と笑みが昇る。こんな気持ちになるのは久しぶりだった。

成増で電車を降りた芳美は、ドラッグストアでシートマスクを、コンビニでおにぎりと海藻サラダと缶チューハイを買って帰った。二階建てアパートの一階で、間取りは2DK。家賃は八万円だ。離婚して三年が過ぎた。離婚直後は恵比寿の2ＬＤＫのマンションに住んだが、一年で生活が苦しくなり、買い揃えたイタリア製家具を売り払うとともに、家賃が三分の一のこのアパートに越した。この部屋を紹介されたとき、一階だと危なくない？　と聞いた芳美に、なにがっすか？　と不動産会社の若い男は聞き返した。だってほら一応女のひとり暮らしだし。芳美としては「一応」をつけたことで謙遜したつもりだったが、不動産会社の男は、ぜんっぜん大丈夫っすよ、と笑った。

そのときを思い出し、バカにするな、とおにぎりにかぶりついた。いまに見てろよ、と続けて思う。不動産会社の男にではなく、貴和子への感情なのだと自覚していた。

テレビはニュース番組を映している。男子高生が父親を金属バットで殴り殺したと報じ、数か月前には女子高生が母親を刺殺する事件が起きたばかりだと続け、若者の心の闇が深刻化している、と締めくくった。

ほんとうに殺しておけばよかった。未成年のうちに貴和子を殺しておけばよかったのだ。中学生のとき、転校してきた彼女になかなか気づかなかった自分が悔やまれた。貴和子は三学期がはじまる前、転校していった。結局、貴和子がバレー部のキャプテンとつきあったのかどうか芳美は知らない。

ニュースはどこかの国の内紛に変わり、芳美はチャンネルをバラエティ番組に合わせた。

ニュースには興味がない。元夫は、折り込みチラシとテレビ欄にしか目を通さない芳美に、いい歳して新聞も読まないのか、とか、だから世の中のことに無知なんだ、などと言ったが、そんな芳美を天真爛漫でかわいいと言ったのは当の夫なのだ。結婚した当時、芳美は二十九歳だった。あのときの夫は、名札の裏に芳美の名前を書いた男子そのものだった。

具体的な予定を立ててもいないのに、芳美の毎日は小学校の同窓会が前提となった。拠りどころ、といっていいかもしれない。

買ったばかりのワンピースは同窓会に着ていくからそれまで袖を通さない、同窓会までに五キロ痩せる、毎晩シートマスクをする、ハンドクリームをこまめに塗る、顔筋体操をする、首のマッサージをする。いちばん頭を悩ませているのがプロフィールだ。離婚まではいい。なんとでもなる。実際、離婚していたほうが、経験豊富で自立した女というポジションをつくりやすいし、ほかの女たちとのちがいも際立つだろう。子供がいないのもいまとなっては幸いだ。芳美の狙いは、颯爽《さっそう》と生きている女を演じることだった。小学生のときはクラス委員長をやった。女子をからかう男子には「そういうのやめなさい」と叱ったし、掃除をサボる男子には「ちゃんと掃除しなさい」と雑巾を手渡した。それでも芳美は人気があった。やっぱり芳美ちゃんは芳美ちゃんのままだ、と思わせる必要がある。

問題は、現在の仕事と住まいだ。あの芳美ちゃんが、猿でもできる仕事をしているわけがないし、しかも二年で契約を切られるはずがない。そもそも契約社員というのがあり得ない。大手企業の役職付きか、会社やショップの経営者でなければいけないのだ。住まいも、成増の木造アパートというのはイメージとちがう。ワンルームでもいいから、都心部のマンションでなければならない。

このふたつをクリアしなければ同窓会に出席できない。

「小浜さん、次決まりました？」

仕事を終え、ビルを出たところで珍しく声をかけられた。芳美より二、三歳下の三筋《みすじ》という女だ。

「ええ、まあ」

芳美は曖昧に返した。

「ほんとに？　決まったんですか？　どこ？　どんな仕事？」

詰め寄るように聞かれ、「あ、いえ、まだ」とつい正直に答えてしまった。三筋は芳美の矛盾に気づくふうもなく、「私も今月末で切られるんですよね。やっぱり年齢のせいですかね。次の仕事どうしようかと思って」と言った。

芳美にとって三筋は、歳は近いが、いちばん縁遠いタイプの女だった。背が小さくずんぐりとして、銀縁の眼鏡をかけている。生え際に白いものが混じった脂っぽい髪をひとつに束ね、商店街のワゴンセールで買ったような洋服を着ている。今日は、黒猫とリンゴの刺繍《ししゅう》があるチュニックふうのカットソーだ。

「あら、そうなの。大変ね」

さらりと出た言葉だが、本心だった。

三筋はおばさんそのものだ。愚鈍で空気が読めず、身なりにも気をつかわない。たとえ契約社員であっても、こんな五十女を雇う会社がそうそうあるとは思えなかった。それなのに三筋は、

「全然大変じゃないですよ。仕事なんて選ばなければいくらでもあるし。いくらでもあるから次はどんな仕事がいいかなって迷っちゃいますけどね。まあ、贅沢な悩み？」

そうまくしたて、あはははははは、とひとりで笑った。

「いくらでもある？」

芳美はそう聞いていた。

契約が満了するまで半月たらずだが、まだ就職活動はしていなかった。

「はい。いくらでもありますよう」

あははは、とまた笑う。

「でもほら、私はスーパーのレジ打ちとか向いてないから」

あなたとはちがっててね、という意味をちりばめ、芳美は言った。

「小浜さん、爪長いですもんね。その爪じゃ採用されないですよ。あははは」

「そうじゃなくて」

「私は、今度は人としゃべる仕事がいいなあ。黙々とパソコンに向かってるのってやっぱりだめだなあ」

「あなたならスーパーのレジ打ちも似合いそうよね」

「あ、やったことあります。でも、あれも黙々とやる仕事ですよ。決まったことしか言えないし」

ちょっとお茶していきません？　と三筋はファストフード店を指さした。芳美が同意したのは、生活臭漂うこの女なら仕事の見つけ方に詳しいのではないかと思えたからだ。いままで彼女と会話らしい会話はしたことがなかったが、ふたりの息子が独立して、夫とふたりで暮らしていることは知っていた。

この女のどこがよくて結婚したのだろう、と芳美は改めて三筋を見た。やはり体だろうか。五十女のくせに、胸の膨らみが奇妙に目立つ。まるでおんぶ紐を交差しているように、いやらしく強調されている。若いときは、さぞかしいい体をしていたのだろう。

「小浜さんて、独身でしたっけ」

ストローでコーラをかきまぜながら三筋が聞いてくる。

「ええ。三年前に離婚したの」

「やっぱり浮気が原因ですか？」

そう訊ね、ストローをチューと吸う。化粧をしていないのに、頬がうっすらと紅潮し、くちびるの色が濃い。

「まあ、浮気は誰でもしますよね」

芳美が答える前にそう結論づけ、しょうがないしょうがない、とひとりでうなずく。

「あなたも浮気されたことがあるの？」

薄い笑みを張りつけ、芳美は聞いた。かわいそうね、でもあなたならされるわよね、と表情で伝えたつもりだった。

「さあ。でも、お互いさまですからね。男も女も、ひとりの相手じゃ満足できない生き物じゃないですか」

意味がすぐにわからなかった。いや、わかりはしたが、この女が発したとは受け入れがたかった。

「あなたも浮気したことがあるの？」

ようやく口にしたのは、数秒の沈黙を挟んだのちだった。

「あたりまえじゃないですかあ」

あははは、と三筋は高笑いする。その笑い声に、自慢や嘘の響きはなく、ただおかしいから笑っているという明快さだった。

「私、男も仕事も、もって二年なんですよね。旦那はとっくの昔にただの同居人になってるし、でもまあ、家族とセックスするっていうのも気持ち悪いですからね。小浜さんは？　旦那さんとセックスしてました？」

セックス、のところでひそめた声は甘く掠れ、逆に生々しさを醸し出した。

三筋の歯は小粒だ。目も小さい。手も爪も小さい。胸は大きい。耳も大きい。肌は白く、うっすらと汗ばんでいるような艶《つや》がある。

この女はもてるのではないか。打たれたように思いつく。芳美は、焦りと驚愕と怒りに駆られた。

私はこの女に勝てないのではないか。もし同窓会にこの女がいたら、男たちは私よりもこの女を選ぶのではないか。

黒猫とリンゴのカットソーにはところどころにしみがある。そのしみが精液の痕《あと》に感じられた。くちびるも舌も指も、男を喜ばせるためだけのものに見えた。おとなしいふりをして、裏で芳美には想像もできないようなことをしているのかもしれない。貴和子のように。

この女を差し向けたのは貴和子なのではないか、と思う。この女の目を通して、口を通して、耳を通して、挑発しているのではないか。まだたりないのか、と奥歯を嚙みしめる。私からすべてを奪ったくせに、まだしつこくつきまとうつもりなのか。

「ねえ、どうして私に声をかけたの？」

芳美は、三筋の瞳に視線を合わせ直した。その奥にいるかもしれない貴和子を見据えたつもりだった。

「んー。なんでだろう。縁？」

三筋は短い首をかしげる。媚《こ》びるように、からかうように、ふざけるように。同じ日に契約切れるし、歳も近いし、と続けた言葉は芳美の耳を素通りしていった。

「離婚したのは浮気が原因じゃないのよ」

テーブル越しの瞳を見つめながら芳美は言った。

「そういうんじゃないの。別に夫が誰と浮気しようとどうでもよかったのよ。愛想が尽きたっていうのかしら。私から捨てたのよ」

私から捨てた。それはまちがいない。ただ、夫は捨てられることに抵抗しなかったし、傷つきもしなかった。むしろ望んでいたようだった。

夫はすすんで財産分与の話をした。マンションは売却し、ローン分を差し引いた三分の二を芳美が受け取り、預貯金は折半することになった。芳美にとって条件のいい取り決めをすることで、早々に決着をつけたがっているようだった。

夫を捨てたのは芳美だ。そして、芳美に夫を捨てさせたのは貴和子だ。

夫が勤める会社に、昔の知り合いが中途入社する確率はどのくらいなのだろう。おそらくゼロに近い数字ではないか。ただ、それは偶然を前提にした場合だ。計画的だったとしたら？　芳美の居場所を探し出し、夫の会社を割り出すのは、たやすいことではないだろうか。あの女ならやりそうな気がした。芳美からすべてを奪うために。

夫の携帯から貴和子の写真を見つけたときは息が止まった。まるでホラー映画のなかに放り込まれたようだった。会社の飲み会だろう、十数人の集合写真の後列の左端にあの女はいた。ほほえむ直前の表情だった。亡霊か錯覚か、この女は自分にしか見えないのではないかと思った。最後に会ってから二十年たっていた。それでも見た瞬間、視線が迷うことなくあの女を捉えた。逃げても逃げても追いかけてくる、とそんな言葉が浮かび、私は逃げてなんかいない、と怒りとともに打ち消した。店員が撮ったのだろう、夫の携帯なのに夫が映っている。貴和子の斜め前だ。その微妙な距離感に意味があるように思えた。電話とメールの履歴を確認しようとしたら、夫が風呂から上がってきた。

あのとき夫に聞きただしていたら、もしかしたら離婚はせずに済んだのかもしれない。芳美はいつも肝心なところで動けなくなる。気づかないふりをすることで不安をやりすごそうとする。やがて夫は帰宅が遅くなり、考え込むことが多くなり、芳美を避けるようになった。

ある夜、会社帰りの夫をつけた。自宅マンションとはほど遠い府中で電車を降りた夫は、慣れた足どりで駅前通りを抜け、住宅地を歩いていった。細い通りに建つ一軒家の前で立ち止まり、ためらうことなくインターホンを押した。まるでここが自分の帰る家だというように。芳美はすでにわかっていた。開いたドアからあの女が現れるということが。そしてあの女が、塀に隠れて様子をうかがっている自分に気づいているということが。

芳美が離婚を切り出したのは数日後のことだった。夫はとうにいてもいなくてもいい存在になっていたが、貴和子の手垢がついた人間と暮らすことはできなかった。

逃げたつもりはない。ただ、もう二度とあの女にかかわりたくなかった。あの女が存在しない世界で暮らしたかった。小学生のときのように。

どうして地味で冴えない女がもてるのだろう。

芳美は、氷しか残っていないコーラをずずずと音をたてて吸う目の前の女を見やった。

芳美の視線に気づいたのか、三筋は上目づかいでにっと笑う。

「赦せなかった、って感じですか？」

「え？」

「夫の浮気が赦せなくて離婚しちゃったって感じですか？」

「だからそんなんじゃないって言ってるでしょう」

「潔癖症って感じですもんね、小浜さん」

「あなたは潔癖症とは反対のようね」

精いっぱいの嫌味を込めたのに、「たしかに私、わりとなんでも平気なタイプです」と三筋はあはははと笑う。

「あなたはいまも浮気してるの？」

コーヒーに口をつけ、なにげないふりで芳美は聞いた。

「なんか私、だんだん目覚めちゃって」

そう言って、ふふふ、と意味ありげにくちびるをすぼめる。

「私、閉経早かったんですよ。四十一のときですもん。そうしたらそこから目覚めちゃったんですよね。変でしょ？　普通逆なのに」

貴和子が美しい女だったらどんなによかっただろう。そうしたらあきらめもついたのに。ひとりで笑う女を見つめながら、芳美はそんなことを考えた。

あの夜の貴和子を思い出す。ドアを開けて夫を出迎えたのは、野暮ったい中年女だった。

時代遅れのエプロンとフレアスカートは昭和の奥様雑誌に出てきそうで、昔ながらの専業主婦といった印象だった。自分のほうが断然若くてきれいだ、と芳美は思った。しかし、彼女の平凡な外見に気圧《けお》されてもいた。

貴和子は困惑を浮かべて夫を見ていた。そうだ、あの女は昔からそうだった。こうなったのは私のせいじゃない、どうしてかしら、私はなにもしていないのに。戸惑うふりをしながら、その裏で舌を出していたのだ。

夫が吸い込まれた家には〈山田〉という表札がかかっていた。W不倫というやつだろうか。彼女はいつ結婚したのだろう。相手はどんな男だろう。考えれば考えるほど胸がくろぐろと塗り潰されていく。まさか貴和子は望むもののすべてを手に入れたのだろうか。そう考えると血が冷えていく感覚がした。

芳美の高校生活は、貴和子に神経を使い果たした日々だった。

運命か、それとも神様のいたずらかミスか、一年から三年まで同じクラスだった。再会したとき、貴和子は芳美を知らないようだったし、自分が芳美になにをしたかも当然自覚していないようだった。ほんとうにそうだろうか、といまなら思う。ほんとうはなにもかも知っていたのではないか。

　私たち中三のとき同じ中学だったんだね、知らなかった、と芳美が驚いてみせると、あの中学にはちょっとしかいなかったから、と貴和子は少し困った表情で答えた。中学のときのおかっぱ頭が伸びて、黒いゴムでふたつに結わえていた。彼女をはじめて見たときは間の抜けた無表情に底知れなさを感じたが、実際にしゃべってみると取り立てて目立つところのない地味な女子にすぎなかった。

　芳美が「景山さん」と呼ぶと、彼女は少し迷うそぶりをしてから口を開いた。

「私のこと、貴和子って下の名前で呼んでくれる？　私、よく名字が変わるの。また変わりそうだし」

「どうして？　どういうこと？」

　彼女の姓が変わった理由は、芳美が知りたくてうずうずしていることのひとつだった。

「もしかして景山さん、中学生のときはちがう名字だったのかなあ。だから私、景山さんのこと覚えてなかったのかなあ」

　そうとぼけながら、わざと「景山さん」と呼んでやった。

「中学のときはお母さんが離婚したばっかりだったの。そのあと結婚して景山になったんだけど、もうすぐ別れると思う」

「じゃあ、いまのお父さんはほんとうのお父さんじゃないの？」

テレビドラマにありがちな普通じゃない出来事を、こんな普通以下の女が経験しているのが忌々《いまいま》しかった。

「あんな人、お父さんじゃない」

「どうして？」

「怖いの。でも、お母さんのほうが怖いからなにも言えない」

「うちのお母さんのほうがもっと怖いよ。すぐ怒るし怒鳴るしさあ」

そう言って芳美は笑ったが、貴和子は笑わなかった。

「そういえば中学のときのバレー部のキャプテン覚えてる？　私と同じ一組だったんだけど」

さりげなさを装い話題を変えた。すぐに転校していった貴和子が、結局キャプテンとどうなったのか知りたかった。

「覚えてないかな、西嶋君っていうんだけど。隣のクラスの転校生が好きらしいって噂だったんだけど、もしかして景山さんのことだったんじゃない？」

「貴和子」

「え？」

「貴和子って呼んでって言ったでしょ」

思いがけない鋭さに、あ、ごめん、と反射的にあやまってしまった。

「それで西嶋君のこと覚えてるの？　覚えてないの？　西嶋君に告白されたの？」

あやまってしまった自分とあやまらせた貴和子にむかつき、問いつめる口調になった。

「知らない。覚えてない」

貴和子は他人事のように答えた。

騙されたことを知ったのは、それからまもなくの夏休みだった。九州のバレー強豪校に進学したキャプテンが帰省したのをきっかけに、中学時代の同級生たちでカラオケに行った。芳美はキャプテンにもう好意を寄せてはいなかったが、キャプテンには自分のことを好きになってほしかった。もう一度、告白させなければならないと強く思った。

カラオケからの帰り、キャプテンとふたりきりになるチャンスを狙い、「ねえ、二組にいた貴和子って覚えてるでしょ？」と聞いた。え、と動揺した彼に、「いま私、貴和子と同じクラスで友達なの」と続けた。

「貴和子、元気？」

キャプテンは硬いものを吐き出すように言った。貴和子、とごく自然に呼び捨てたことに、芳美ははっとした。「つきあってたんだよね？」と誘導すると、「つきあってたっていうか……」と言葉を濁した。ふられたのだろうか、と芳美が考えたとき、「駆け落ちしたんだ」

とキャプテンは言った。

「夏休み……ちょうど一年前だな、貴和子と逃げた。貴和子が、お母さんとお父さんから逃げたい、って言うから。俺も貴和子とずっと一緒にいたかったし、親の金盗んだのがそろそろばれそうだったから、ふたりで知らない場所で一からはじめようと思ったんだ」

「待って、ちょっと待って」やっと言葉が出た。「親の金盗んだって、どうして？」

「貴和子にあげた。あいつ、お金がいるみたいだったから」

「どうして？」

「あいつ、家に金入れないといけなかったんだ。金を入れないとひどい目にあう、って言ってた」

「そんなわけないでしょ、中学生なのに。西嶋君、騙されたのよ」

「貴和子は嘘なんかつかないよ。そうじゃなきゃ親から逃げようとするわけないだろ」

返す言葉を見つけられず、芳美は腹立たしさを噛みしめた。

「北海道にむかわって町があるんだって。ししゃもが有名な町らしいんだけど。そこに行きたい、って。だから北に向かったんだ。でも仙台で捕まった。あいつ、男がいたんだよ。すごく年上の。お父さんって言ったけど絶対ちがう。そんなわけないじゃん。だって、あいつら俺の前で……」

「俺の前でなに？　どうしたの？」

キャプテンがとんでもないことを言い出すのがわかった。

「坊主よく見てろよ、って。ヤクザみたいな男だった。俺、怖くて。男も怖かったけど、貴和子も怖くて、自分の置かれてる状況も怖くて、なんか現実じゃないみたいでとにかく怖かった。逃げ出したいのに動けなくて、見たくないのに目が離せなくて。貴和子、イヤイヤって言うわりに抵抗しなくて、全然嫌そうじゃなくて、だんだん女の化け物みたいになっていって」

「女の、化け物？」

「でも俺、貴和子がそういう女だってわかってたんだ」

頭のなかがくらくらして、うまく考えられなかった。貴和子のことを「女」と呼ぶキャプテンに違和感を覚えた。

「嘘よ。だってあの子、子供っぽいじゃない」

「俺も最初はそう思ったよ。あいつ、純粋っぽく見えるだろ。でも、一緒にいるようになるとちがうんだよ。妙に大人っぽいっていうか。それに……」

そこで言葉を切ると、キャプテンは大きく息を吸った。

「あいつ、慣れてたし」

この一年間ずっと誰かに言いたかったのかもしれない。いったん流れ出した言葉は止まらない。

「最初はなかなかゆるしてくれなかったんだ。そういうことはしたくない、私のなかにはひどい女がいるから、って。したら、その女が出てきて西嶋君に嫌われるから、って」

「ひどい女？」

キャプテンが言いよどんだのは一瞬だけだった。

「さっき言っただろ、女の化け物って。ひどいっていうか、すごいんだ」

「西嶋君、貴和子とそういうこと、したんだ」

「インラン」

「え？」

「あいつ、自分で言ってた。子供のときからお母さんにそう言われてる、って。あいつ、やったあと必ず泣くんだ。すごく静かに、声も出さないで。でも、悲しいのかつらいのか、なんで泣いてるのか、俺、全然わかんなくてさ。いまでもわかんないんだけど。貴和子、俺のことほんとに好きだったのかなあ。泣きやんだら、金がいる、っていつも言ってさ。あのときは気づかなかったけど、いま考えると、あいつ金のために俺と寝たんじゃないかなとも思えてきてさ。女ってほんとわかんないよ。っていうより貴和子が特別なんだろうな。俺、もう誰ともつきあえないと思う」

「私とも？」

本気の言葉だったが、キャプテンは「小浜、普通じゃん」と即答した。

「あんなすごい経験したあとに、普通の女子なんかものたりなくてつきあう気にならないよ。貴和子がこのまちに戻ってきたのは知ってる。会いたいけど、今度会ったらほんとに俺、だめになるような気がして必死に抑えてるんだ。だから明日、もう九州に帰るよ」

「貴和子って最低だね」

尖った声になった。

「貴和子が？　なんでだよ」

芳美を責める声音に、それ以上言うことができなかった。

バーカ、と芳美は心のなかでキャプテンを罵《ののし》った。バカなこの男は、貴和子にたくさんのものを奪われたことに気づいていないのだろうか。お金、中学最後の夏休み、健全な心、まっとうな将来。貴和子は、彼が歩むべき本来の人生そのものを奪ったのだ。

そう考えついたとき、恐怖が背中に張りついた。

――じゃあ、全部私にちょうだいよ。

貴和子の声が耳奥によみがえり、鳥肌が立った。

夏休みに入る前、学校帰りにはじめて貴和子を自宅に招いた。オレンジジュースとクッキーを持ってきた母が出ていくと、「芳美ちゃんはいいな」とぽつりと貴和子が言った。

「なにが?」

「だってこんな立派な家があって、お父さんもお母さんもいるし、大学生のお姉ちゃんもいるんでしょう。うらやましいな」

「えー。古くて小さな家じゃん。築二十年だよ。階段はぎしぎしいうし、こないだなんかトイレが詰まったんだから」

「でも、ちゃんとしたおうちって感じがする」

「つまんないうちだよ。お母さんはうるさいし、お父さんの給料は安いし、お姉ちゃんは性格悪いし、早くこんなうち出てひとり暮らししたいよ」

「じゃあ、全部私にちょうだいよ」

そう言ったときの貴和子は真顔だった気がする。

あのときは気にとめなかったが、あれは本心からの言葉だったのだ。

貴和子は私からすべて奪うつもりかもしれない。思いついたら、そうとしか考えられなくなった。

芳美は隣を歩くキャプテンをそっと見上げたが、彼の目には芳美が映っていないようだった。

すでにたくさんのものを奪われたのだ、と気づいた。はじめて貴和子を見た中学三年のとき、彼女はキャプテンだけではなく、芳美から自信と希望を奪い取った。安穏とした毎日も、明るい将来も、自分を肯定する力も、これから訪れるはずだった人生のピークも。

取り返さなければならない、と思った。そのためには貴和子に勝つ必要がある。ずっと友達のふりをし続けたのは仕返しするチャンスを狙っていたからだ。逆転するチャンス、ともいえる。自分のほうがすぐれた点を数えることで、貴和子の上に立ちたかった。せせら笑いを浮かべて、貴和子を見下ろしたかった。

芳美の勝敗表では、〇印は圧倒的に芳美のほうが多かった。容姿も、成績も、家庭環境も、ファッションセンスも。それなのに、いくら指を折っても貴和子に勝っている実感が得られなかった。

最終日の仕事帰り、芳美から声をかけて三筋とファストフード店に行った。

「三筋さんは次のお仕事決まったの？」

彼女が仕事を見つけたのか、それはどんな仕事でどうやって見つけたのか知りたかった。と同時に、契約満了となりはしても、自分は少しも困っていないことをアピールしたかった。

次の仕事が見つからない惨めな女に思われないよう、

「私は少しのんびりしようと思って。私にとって仕事はひまつぶしみたいなものだから」

と余裕を見せつけた。

へへっ、と三筋はいびつに笑った。芳美の内心を見透かしたようにも見えたし、バカにするようにも見えた。貴和子も裏でこんなせせら笑いを浮かべていたのだろう。

「ほんとうよ。旅行にでも行こうかしら。よかったらあなたもどう？」

焦りから早口になった。嘘をつくつもりはない。ただ、こうありたい自分を貫こうとしているだけだ。いつからか現実と理想の差が広がっていき、その差は嘘で埋めるしかなくなった。

「小浜さんって若いですね」

含み笑いで三筋が言う。

そうかしら、と芳美は髪を手ぐしで撫《な》でつけた。若く見えるのは自覚しているが、悪い気はしない。

「ほら、そういうところとかすごく若いですよ」

褒められているのではないらしいと気づき、「どういうことかしら？」と三筋を睨んだ。

「小浜さん、バブル世代より上ですよね。でも、バブルの残り香がするっていうか」

どういうこと？　と芳美は繰り返した。

「あきらめてないっていうか、進行形っていうか。現役感すごいですよね。子供がいないからかなあ」

「私のせいじゃないわよっ」

自分の声が、キンと耳ざわりに響いた。

「子供ができなかったのは私のせいじゃないわ。できなかったんだから仕方ないじゃない」

「あ、欲しかったんですね」

「別に欲しくないわよ」

「そうですか」

三筋は気にするふうもなくストローをくわえてコーラを吸い上げた。脂汚れのついた眼鏡をかけているくせに、襟ぐりの伸び切った趣味の悪いカットソーを着ているくせに、太っているくせに、化粧もしないくせに、どうして高みにいるような口をきけるのだろう。

このままだと、平均以下のこの女にも負けてしまう気がした。

「三筋さんはすぐにお仕事しないといけないのかしら。大変ねえ」

「そうですねえ。私もバブルっぽいのかなあ。いつまでも現役でいたいっていうか」

そう言って、あははは、と笑う。

「で、決まったの？　次のお仕事」

「仕事っていうか遊びみたいなもんですけど」

三筋は、いまにも舌を出しそうないたずらっぽい顔をつくった。

意味ありげな言い方が癇《かん》に障ったが、興味に負けた。

「あら、よかったじゃない。どんな仕事なの？」

「不定期ですよ。でも、時給にすると五千円くらいかな」

「なによそれ。どんな仕事よ」

「小浜さんには無理ですよ」

見下すようなほほえみが、高校生のときの記憶を呼び覚ました。

あれは高校二年だった。貴和子がスナックでバイトしているのを知ったときのことだ。

時給を聞いた芳美が「いいなあ。私もやろうかなあ」と言ったのは、大人の世界に足を踏み入れた貴和子に、私だってやる気になればいつでもできるんだ、と伝えるためだった。

「芳美ちゃんはそんな必要ないじゃない」

「でもお金欲しいもの」

「芳美ちゃんには無理よ」

むっとした。

「なんでよ」

「全部持ってるから」

――じゃあ、全部私にちょうだいよ。

以前、貴和子に言われたことを思い出した。しかし、そのときの芳美には、全部持っているのは貴和子のほうだと感じられた。

「誰にも言わないでね。お母さんに知られたら、お金取られちゃうから。私、家を出たいの」

その言葉にキャプテンから聞いたことを思い出し、望みどおりにさせるものかと思った。すぐに先生に言いつけたのに、退学にも停学にもならなかったのはなぜだろう。

そのときのことがよみがえり、ここで引くわけにはいかない、と強く思った。

「ああ、夜の仕事ね。私も昔、遊び感覚でしたことがあるわ」

するりと嘘が滑り出る。

「へえ。意外ですね」

「そうかしら。こう見えて、私もいろいろ経験してるのよ」

「でも、夜の仕事ってわけでもないんですよ」

三筋の笑みに挑発の色が混じった。追いついたと思った途端かわされた気分だった。

「なによ。はっきり言いなさいよ」

「じゃあ、これから一緒に行きます？」

「え？」

「でも、小浜さんには無理だと思うけどなあ」

芳美ちゃんには無理よ、とあの女の声が重なった。

「向いてないっていうか。だいたい、採用されるかどうかも微妙だなあ」

「そんなのやってみなきゃわからないじゃない」

あのときもそう言ったはずだ。貴和子はなんと答えたのだったか。

——できるものならやってみなさいよ。

耳奥で聞こえた声があのときの貴和子のものなのか、それとも芳美がつくり出したものなのかわからなかった。

三筋に連れていかれたのは、中野駅から歩いて十五分ほどのビルの一室だった。造りは古いマンションだが、ほとんどの部屋が事務所として使われているようだった。三筋がドアを開けた三〇五号室には会社名のプレートはなく、足を踏み入れると化粧と香水のにおいが鼻をついた。

台所が一緒になった居間には、真ん中に四人がけの食卓があり、壁に向かってオフィス用のデスクと椅子が置いてある。六十代に見える化粧の濃い女が食卓についていた。赤茶色に染めた髪を内側にカールさせ、フリルのついた白いブラウスを着ている。化粧を落としたときの目が想像できないほど、アイラインとまつ毛が際立っている。場末のスナックのママっぽくもあり、趣味の悪い洋品店の経営者っぽくもあった。

「その人かい」

低くしわがれた声から落胆めいた響きを感じた。案の定、「ちょっと向いてないんじゃないの」と女は続けた。

「社長もやっぱりそう思います？　私もそう言ったんですけど」

三筋はどこか嬉しそうだ。

「あんたの知り合いっていうからちょっと期待してたんだけどさ」

そこで言葉を切ると、黒く縁取られた目で観察するように芳美を見まわした。

点数をつけられている、と思った。遠慮のない視線に晒《さら》され、頭がかっと熱くなったが、怒っているのか恥ずかしいのかいたたまれないのか、自分の感情がつかめなかった。

三筋は詳しくは語らなかったが、どういう仕事なのかはすでに理解しているつもりだった。が、どうしても現実味が得られなかった。

「最後にセックスしたのいつ？」

「は？」

「あんた、子供つくるためにしかセックスしなかったように見えるんだけど」

ちがう？　と聞かれ、鼓膜が破れそうなほど頭の熱が膨らんだ。

「まさか」

無意識のうちに上ずった声が出た。こんなところで×印をつけられてたまるか、と腹の底から負けん気が湧いた。

「よくそう見られるんですよ、私。さっきも三筋さんに、夜の仕事をしたことがあるってお話ししたら、意外って言われて。ねえ？」

「ああ、はいはい」

三筋は、短く太い首でこくこくうなずく。

ふうん、と女はどうでもよさそうな顔になった。

「まあ、うちは給料制じゃないから別にいいんだけど、あんまりあれだと評判落とすことになるからね。こういう仕事は口コミが大事だからさ。でもいいや。じゃあ、とりあえず来てみる？」

芳美の思考はふわふわと浮遊し、まだ現実味がなかった。はいとうなずくべきか、いいえと断るべきか逡巡《しゅんじゅん》していると、玄関のほうから「ただいまー」「おはようございまーす」と女の声がした。「駅でばったり会っちゃって」「ねえ、偶然」「この人、香水のにおいぷんぷんさせてるからすぐにわかったわよ」「あんただってくさいじゃないのよ」と女子高生のように楽しげに言い合っているが、居間に現れたのは中年よりも老人に近いふたりの女だった。ひとりは垂れた位置にある胸が不自然に尖っていて、もうひとりはショッキングピンクのチークをコントのように真ん丸に入れていた。

「お疲れさまでーす」

顔見知りなのか、三筋がふたりに軽く頭を下げる。

「あら、あんた。たしか、えーと、なんだっけ」

「三筋です。三筋久仁子」

「そうそう、クニちゃんだったね。そちらは？　新入りさん？」

いったい何歳なのだろう、ショッキングピンクは蛍光灯の下で見ると六十にも七十にも見えた。視界のすみで、垂れ胸が女社長に数枚の紙幣を渡しているのを捉えた。

三筋を残して、芳美はひとりマンションを出た。

まるで船に乗っているかのように頭のなかが揺れていた。電車に乗ると、人が放つ熱とにおいに酔い、新宿で電車を降りて地上に出た。デパートはレストラン街を除いて閉店していたが、開いていたとしても入る気にはなれなかった。人と灯りにあふれた夜のなかを当てもなく歩く。自分がなにを考えているのか、どう感じているのか、心と体が分離されたようにつかめない。

視線を感じた。あの女ではなく、ホームレスの男だった。野球帽を深くかぶり、サイズの合っていない茶色のコートを着て、雑居ビルの入口に腰をかけている。目が合ったように感じ、芳美は急ぎ足でその場を離れた。

ホームレスが一瞬、元夫に見えたのは神経が過敏になっているからだろう。

——子供つくるためにしかセックスしなかったように見えるんだけど。

女社長の言葉は正しい。

どうしても欲しかった子供をあきらめたのは四十歳のときだった。その後、夫とは一度もセックスすることはなかった。

あの女は、早く結婚して子供を産みたい、と口癖のように言っていた。彼女の言葉を正確になぞると、「ちゃんと結婚して、子供をたくさん産んで、幸せな家庭をつくりたい」になる。それが子供のころからの夢なのだ、と言った。

「夢？」と芳美は笑った。「普通のことを夢なんて言わないわ」

「それ、普通なの？」

「誰でもできることだもの」

「誰でもできるの？」貴和子はショックを受けた顔つきになった。「芳美ちゃんも？」

「もちろんよ。でもその前にいろんな経験をしたいけどね」

このときばかりは貴和子の上に立った気分だった。

高校三年の二学期、貴和子は登校してこなかった。退学したのだと担任が朝のホームルームで短く告げた。放課後、芳美は貴和子のアパートに寄った。外階段のついた木造二階建ての一階の部屋に芳美は入れてもらったことはなかったが、カーテンはいままでと同じカーテンがかかっていたし、玄関横には汚れた洗濯機が設置されたままだった。引っ越したようには見えなかったが、とにかく貴和子はいなくなったのだ、と自分に言い聞かせた。中学三年のときキャプテンをそそのかしたように、男を引っかけ、このまちを出ていったのかもしれない。もう二度と現れることはないだろう。貴和子が消えたことに、ほっとして涙が出そうになった。

人生から追い出したはずの貴和子と偶然会ったのは、結婚したばかりのころだ。

新宿の雑踏だった。もし声をかけられなければ、それが貴和子だとは気づかなかっただろう。

貴和子は肩までの髪をキャラメル色に染め、青いアイシャドウと真っ赤な口紅を塗っていた。それなのに着ているものは、意味不明なロゴがプリントされたトレーナーとふた昔前に流行った色合いのジーンズというちぐはぐさで、おかしな人に変装しているように見えた。

「貴和子、ずいぶん変わったね」

そう言ったが、彼女は高校生のときとなにも変わっていないように見えた。ひとめで、望みどおりの人生を送っていないことがわかった。それに比べて芳美は結婚したてで、貴和子があんなに欲しがっていた家庭というものをすでに手に入れていた。だから、「いま、どうしてるの？」と怯《ひる》むことなく聞くことができた。

「芳美ちゃんは？」

「私は結婚したばかり。貴和子は？」

ううん、と貴和子は首を横に振った。

「私、いまお母さんと暮らしてるの」

「あら、意外。あんなに実家を出たがってたのに」

「やっぱり私のことをいちばんわかってくれるのはお母さんだった。お母さんの言うとおりにするのがいちばんいいのよ」

「どうして？　結婚して子供つくるのが夢だって言ってたじゃない」

貴和子は空洞のような目になった。

「私、子供できない体なんだって。お医者さんに言われた」

「あら、かわいそう。私はすぐに子供つくるつもりよ」

芳美は高らかに勝利宣言をした。ついに貴和子に勝った。三十歳直前でやっと逆転でき、もう逆転されることはないのだ。歓喜のあまり雄叫《おたけ》びをあげたくなった。

「芳美ちゃんの人生と取り替えてよ」

ぼそりとしたつぶやきも気にならなかった。

十年後、あの再会が貴和子の呪いだったと知った。

いつまでたっても子供ができず、病院で検査を受けると芳美に問題はないと言われた。どうしても子供をつくらなければならなかった。たくさん産み育て、幸せに暮らさなければならなかった。嫌がる夫を無理やり病院に連れていった。自分に原因があった負い目か、受けたくない検査を強制されたせいか、それとも「あなたのせい」と芳美がなじったせいか、その日を境に夫の心は離れていった。

芳美はもう一度ゆっくり振り返った。人の流れの合間にかろうじて見えるのはホームレスがかぶっている野球帽だけだ。

夫のわけがない。夫は貴和子と暮らすためにすすんで離婚したのだから。子供はいなくとも、彼女は望むとおりの幸せを手に入れたのだ。

不思議なほど抵抗がなかった。自分が自分でなくなってしまったかのようだった。

ただ、恐ろしいほどの緊張だった。十年以上男と交わっていないが、自分の性器は使い物になるのか。満足させられるのか。幻滅されないか。文句を言われないか。客の男たちにどう評価され、三筋をはじめ同業の女たちにどう評価されるのか。

最後の勝負のような気がしたし、はじめて貴和子と同じステージに立った気がした。

顔やスタイルや年齢のことは気にならなかった。所属する女たちは三十人近くいて、芳美は三番目に若かった。平均年齢は六十代半ばで、最年長は八十代、最年少は五十歳。どの女も年齢にふさわしい肌と贅肉をまとっていた。毎晩のシートマスクのおかげか、自分の肌がいちばん美しいと芳美は思った。クラブの名前は「リリー」。女社長のほかに、用心棒代わりだろうか、ふたりの男が交替でやってきた。

女たちが待機する部屋の壁には、一位から十位までの売上グラフが貼り出されている。大差で一位なのは六十六歳の女だ。彼女は基本的に自宅待機をしているため、一度しか見たことがない。年相応の、大福のような女だった。この女を打ち負かさなければならない、と芳美は思った。

はじめての客は意外にも若かった。

指定されたホテルの一室を訪ねると、ドアを開けたのは四十前後の男だった。芳美に視線を向けたのはほんの一瞬のことで、すぐにうつむき、耳を真っ赤にして言葉にならない音をもごもごと漏らした。

芳美のなかに余裕が生まれ、「はじめまして。カズミです」と自然な声音と笑みをつくることができた。源氏名には、本名の「美」を活かすことにした。

「あ、ど、どうぞどうぞ」

冴えない男だ。おしゃれ感ゼロの黒い髪、にきびの痕が目立つ頬、青と黒のチェックのシャツをジーンズのなかに入れ、黒いベルトをしている。引きこもりかアニメオタク、せいぜい派遣社員だろうと見積もった。踏み倒されないようにまずは料金を受け取る。一時間一万円で、延長は三十分ごとに七千円だ。

「あの、僕、実ははじめてで」

ベッドに腰かけた男はうつむいたまま言う。

だからか、と合点がいった。四十前後なのに、熟女を謳《うた》っているクラブの「なるべく若い人」を希望したのは性癖によるものではなく、いまどきの若い女だとバカにされるかもしれないと考えたからだろう。

「名前は？」

コートをゆっくり脱ぎながら芳美は聞いた。慣れた女になった気分だった。

「あ、ノ、ノブトです」

「じゃあノブトさん、どうしたい？　すぐにする？」

「あ、え、ああ、はい」

芳美は両手を後ろにまわし、ワンピースのファスナーを下ろす。小学校の同窓会に着ていくはずだった花柄のワンピースだ。

「電気は？　明るいほうがいい？　それとも暗くする？」

暗くしろ、と念じながら聞く。

「あ、あの、暗く、暗く」

そう言って、男はあわあわと枕もとのスイッチに手を伸ばした。あちこちの照明が消えたりついたりし、結局、フットライトだけつけたところで落ち着いた。

自己紹介し、料金を受け取り、客の要望を聞く。ここまでは女社長に教わったとおりの流れだ。

芳美は読み漁った女性誌の記事を思い出す。〈男を虜《とりこ》にするテクニック〉〈倦怠期を乗り越えるセックス〉〈感じる体位〉といったセックス特集に童貞相手の記事はなかったはずだ。どうすればいいのか急に不安になる。もう引き返せないし、引き返すつもりもない。「大丈夫よ」というささやきは自分自身に向けたものでもあった。

貴和子が見ている、と思った。いつもの嘲笑う視線ではなく、芳美のなかに居座り、値踏みするように見つめている。芳美ちゃんにできるの？　静かなまなざしはそう言っていた。

最後に残ったショーツから足を抜いた。ベッドに膝をつくと、自分の垂れ下がった乳房が視界に入った。男に覆いかぶさった瞬間、別の世界に飛ばされた。男の肌、体温、呼吸、体臭。感じるのはそれだけ。腹の底に火がついた。

――なんか私、だんだん目覚めちゃって。

三筋の声が耳奥で響いた。

頭のなかをさまざまな光景が流れる。あまりに速くて断片しか見えないが、どの光景にも貴和子の気配がある。

芳美の手が別の生き物になって男の体をまさぐり、くちびるは男の皮膚に吸いつく。頭も体も燃えるようだ。

男が体を入れ替え、芳美を組み敷く。乳首をくわえ、股間に手を伸ばす。衝動に支配された荒々しい動きだ。これ以上堪えることができないのか、あたふたと挿入しようとする。芳美は男の性器に手を添えた。あ、と男が声をあげ、「だめだ、もう」と泣きそうに言う。

「ここよ。来て」

芳美は大きく足を開き、破裂しそうな性器を腰を浮かせて受け入れた。

「あ――――っ」

男の声と芳美の声が重なった。

――なんか私、だんだん目覚めちゃって。

また三筋の声。

男の動きと競うように、腰が勝手に動き出す。関節がはずれそうなほど激しく、強く。目覚めるということは、まっさらになることだ。新しい日々をはじめるということだ。白くかすんでいく頭で、芳美はそんなことを考えた。

男は三十分延長し、三度射精した。そのうちの一度は芳美の口のなかでだった。

芳美は一度も果てはしなかったが、それ以上の満足感が満ちていた。社長には、「初日で延長なんて、見かけによらずあんたもやるね」と言わせることができたし、男には何度も礼を言われた。

「最近、生まれてはじめて彼女ができたんです。すごく悩んだんですけど、四十すぎにもなって童貞なんて引かれると思って。でも、カズミさんでよかったです。こんなによくしてくれて。ほんとうにありがとうございました」

アパートへ帰るまでのあいだ、芳美は男の言葉を何度も反芻《はんすう》した。それに対する自分の言葉も。「自信持っていいと思うわ。きっと彼女ともうまくいくわよ」そう告げると、男は

「ありがとうございますっ」と顔を輝かせた。

昨日までの自分とはちがう人間になったようだった。目覚めたのだ。まっさらになったのだ。いまから新しい、本来の人生がはじまるのだと信じられた。

売上グラフを見て、芳美は目を疑った。

十位までに自分が入っていないのはわかっていたし、仕方のないことだと思っていたが、七位に三筋の名前がある。

この仕事をはじめて一か月が過ぎた。

芳美は成増から吉祥寺へ引っ越した。2DKから1Kと狭くなったが、家賃は同額だし、住所とアパート名に「吉祥寺」がつくことが気に入った。同時に、午前十時から午後三時まで和食レストランの厨房のパートをはじめた。パートが終わると、アパートでシャワーを浴びてから事務所に向かう。

固定客のいない新人は指名が入らない。だからこそ芳美は、はじめての客や指名のない客を取りこぼさないために毎日事務所で待機している。皆勤賞ものだね、と社長に苦笑されるほどだ。

屈辱的な思いも何度かした。「ちがう人がよかった」「がっかりだ」と面と向かって告げられたこともあったし、お金を投げつけられたこともあった。ただ、客のほとんどは穏やかな高齢者で、肌のぬくもりを喜んでくれたし、サービスをありがたがってくれた。リピーターだってできた。

たしかな手応えを感じていたのに、なぜほぼ同時期にはじめた三筋は七位で、自分は十位にも入っていないのか。

体か、と考える。おんぶ紐を交差させたような、あのいやらしい胸。年寄りたちが好みそうだ。

三筋とファストフード店に行ったとき、この女に勝てないのではないかと不安に駆られたことを思い出した。小学校の同窓会にもし三筋がいたら、男たちは彼女のほうを選ぶのではないか。ほとんど直感のようにそう思ったのだった。

そんなわけにはいかない、と芳美は歯を食いしばる。いまここであの女に負けることは人生の終わりを意味している。今度こそ絶対に勝たなければいけない。グラフを見つめながら強く決意した。

「なに怖い顔してんの」

社長の声にはっとする。

開いたドアから社長がのぞき込んでいた。待機部屋にいるのは芳美だけだ。

「あんた、順位とか気になるんだ？」

社長がからかうように笑う。

いえ、と答えようとしたのに、「はい」と口にしていた。

「あんたもいい線いってるよ。フリー客持ってってるからね。十二位か十三位ってとこかな。この調子でいけば今月中にも十位内に入るかもよ。まあ、入っても手当とかは出ないけどさ」

グラフは売上に合わせて、毎日赤いマジックで書きたされる。一日でも早く三筋を抜かなければ。

「癒《いや》しだよ」

女社長が言った。このくらいの歳になるとみんなさびしいんだよ、と続ける。このくらいというのがいくつを指すのかわからなかったが、芳美は黙って耳を傾けた。

「そりゃ、あんたにすごいテクニックがあるなら別だろうけどさ、そういうのを求めるのはもっと若い人たちだよ。みんな、やさしくされたいし、満たされたいんだよ」

それは芳美も感じていたことだった。

おはようございまーす、と聞き覚えのある声がした。社長が玄関のほうに首をねじる。

「はい、ご苦労さん。あ、そういえばあんた、得意技あるって言ってたね」

「なんですかあ、いきなり」

そう言って、あははは、と笑うのは三筋だ。

「あ、小浜さん。相変わらず早いですね」

マフラーをはずしながら三筋が部屋に入ってきた。鼻の頭と頬が赤く、肌の白さが際立って見える。今日は寒いですねえ、とひとりごとのように言い、グラフを見ようともしない。

「なんだっけ、あんたの得意技」

社長の問いかけに、三筋は含み笑いをした。

「おっぱい子守唄」

ふふふ、となまめかしく笑う。

「おじいちゃんを胸に抱きしめて子守唄歌ってあげるんですよ。えらいねえ、がんばったねえ、って言いながら。けっこう泣く人いますよ。昔は旦那にもやってあげたなあ」

芳美にはその光景が見えた。

元夫が貴和子の胸に顔を埋め、感極まった泣き声をあげている。貴和子は困惑混じりのほほえみだ。元夫を奪っておきながら、こうなったのは私のせいじゃない、と言いたげに。

「ね？　そういうことだよ」と社長が芳美に目を向けた。うなずくと負けを認める気がして知らんふりをした。

事務所の電話が鳴った。

芳美はハッと顔を上げたが、三筋は携帯をいじったままだ。芳美の視線を感じたのか、それとも自慢なのか、「私、六時に予約入ってるんで」と下を向いたまま言う。

「すぐ行ける？　池袋」

顔をのぞかせた社長に、芳美はしっかりうなずく。無意識のうちに立ち上がってさえいた。

はいはい、大丈夫です、と受話器越しに答える社長の声が聞こえてくる。すぐ行かせますから……五十三歳の子。最近人気ですよ……はいはい、じゃあ、はい、すぐに……どうもー。

部屋を出かけたところで振り返ると、三筋が携帯から顔を上げ、「いってらっしゃい」とバカにするように笑いかけてきた。

この女に勝ったら同窓会を開こう、と思いつく。


芳美の願いはあっけなく叶った。クリスマスまで一週間を切った日だった。

パートを終えて事務所に行った芳美は、いつものように待機部屋の売上グラフを確認した。十位に自分の名前があった。三筋の名前はない。

こうなることはわかっていた。三筋は十二月に入って一度も顔を出さなかったし、仕事もしていないらしい。先月は七位から五位まで順位を上げた彼女だったが、今月は一度もグラフに名前が載ることはなかった。体調不良と本人は説明したらしいが、社長の見方はちがった。

「辞めたんじゃないの。電話してもそっけないしさ。なんだかんだ言っても、あの子は普通の主婦だからね。長く続ける勇気がなかったんだろうよ。最初は向いてると思ったんだけど、まあ、しょうがないね」

勝ちは勝ちだ、と芳美は静かに思う。私にはできて、あの女には無理だった。私はついにあの女に勝ったのだ。

その夜、早く帰宅した芳美は、大井純代に電話をした。

小学校の同窓会の案内が最初に届いたのは、たしか大学を卒業してすぐだった。次がその三、四年後だった気がするが、はっきりしない。ほんとうに同窓会だったのか、ただの飲み会の誘いだったのか、幹事が誰だったのかも覚えていない。ただ、もし幹事をするならあの子だろうという心当たりはあった。それが、和菓子屋の娘の純代だった。純代とは、離婚して引っ越すまで年賀状のやりとりをしていた。

「芳美ちゃん？　元気？　どうしてるの？」

驚きと嬉しさが混じった声だった。案の定、年賀状が戻ってきたから心配してたのよ、と続ける。

「うん、ちょっといろいろあってね。ねえ、来月あたり、新年会を兼ねて同窓会でもしない？　なんだかなつかしい人たちに会いたくなっちゃって」

「いままで誘っても来なかったくせに」純代は笑った。「でも、芳美ちゃんが来るならみんな喜ぶわ」

地元に残っている人たちは、いまも一、二年に一度のペースで飲み会を開いているらしかった。

「よく芳美ちゃんの話題になるのよ」

「えー。やだわあ。どんな？」

「もてたとか人気があったとかやさしかったとか」

「じゃあ、久しぶりに会ったらがっかりされちゃうかも」

心も舌も軽く、なにも考えずとも心地よい音楽のように言葉が流れ出た。

電話を切ったあとも高揚感は続いた。これからの人生、なにもかもうまくいく気がした。

年が明けた一月十二日、土曜日。芳美は何十年ぶりかで川越線の日進《にっしん》駅に降り立った。

芳美の実家はすでに埼玉にはない。父の転勤に伴って両親が家を売り払い、骨を埋めるつもりで福岡に移住したのは、芳美の大学入学と同時だった。十数年前、両親は立て続けに亡くなった。

駅を出ると、冷たい風が頬に心地よかった。

純代と電話をしたときの高揚感がまだ続いている。カツカツと響くヒールの音、胸もとから立ち昇る甘い香り、肩にふれるやわらかな髪。最近、気がつくと口角が上がっている。

先月は九位で順位を終え、今月はいまのところ七位につけている。馴染み客が増え、「ありがとう」「カズちゃんはいい女だ」「会いたかった」といった言葉をかけられることにも慣れた。収入は多いとはいえない。先月は十二万円だった。昼間のパートがあるから食べていける。給食のおばさんみたいな恰好をして、皿を洗ったり盛りつけをしたりするつまらない仕事だが、仮の姿だと割り切れば、以前のように腹が立つこともない。そのせいか、パート先でも「小浜さん、小浜さん」となにかと重宝されている。昼も夜も、ほとんどの人が芳美に感謝してくれるようになった。

駅から続く商店街を歩きながら、芳美は昨晩の思いつきを頭に昇らせ、小さく思い出し笑いをした。

仕返し、と突如閃《ひらめ》いたのだった。今度は私があの女の人生に入り込み、なにもかもめちゃくちゃにしてやったらどうだろう、と。そう思いついたら、いてもたってもいられなくなった。

貴和子は元夫と暮らしている。離婚して以来はじめて、芳美は元夫に電話をした。ためらいは微塵《みじん》もなかった。元気？　どうしてるの？　住所くらい聞いておこうと思って。そう聞くつもりだった。しかし、元夫の電話番号は使われていなかった。

逃げているのだ、と思った。今度は貴和子のほうが私から逃げている。そうはさせない。次は私が追いかけ、追いつめ、突き落とす番だ。

週が明けたら、元夫の勤め先に電話をするつもりだ。それでも捕まらなければ区役所に行くし、いざとなったら興信所に頼んでもいい。

約束した居酒屋の看板が見えた。芳美は立ち止まり、ストッキングが伝線していないか確かめた。ドアの前でふっと息を吐き、芳美ちゃんらしい自信にあふれた笑みを意識する。

「芳美ちゃん？」

すぐに奥の座敷から声がかかった。

「純代？　元気？」

笑みを大きく広げ、颯爽と近づいていく。座敷に上がる前にコートを脱いで、新調したオレンジ色のニットワンピを見せつけると、「わあ。芳美ちゃん、若いねえ」と期待どおりの声がかかった。

約束の六時を過ぎたのに、純代しかいない。

「よっちゃんとエビ君はちょっと遅れるって」

「それだけ？」声がひっくり返った。「四人だけなの？」

「そうよ。どうして？」

純代は平然としている。

「だって同窓会っていうから、何十人も集まるかと思ってたわ」

しかも、男はエビ君ひとりだ。彼が、名札の裏に芳美の名前を書いたかどうかは記憶にない。

「地元に残ってる人少ないもの。でもいいじゃない。久しぶりなんだから楽しくやりましょうよ」

すすめられるがまま座布団に座ると、さっそく純代は大学生の息子の自慢話をはじめた。

来なきゃよかった、と五分もたっていないのに後悔でいっぱいになった。今日のためにいくらかけただろう。ニットワンピに高いストッキング、美容室にも行ったし、シートマスクもワンランク上のものにした。

上の空で相づちを打ちながら、芳美は月曜日からのことを考える。貴和子にどうやって仕返ししてやるか、だ。焦ってはいけない。行動する前に、しっかりと下調べすることが大切だ。

貴和子、と聞こえた。

芳美は慌てて口に手を当てる。無意識のうちにつぶやいてしまったらしい。そう思ったのは一、二秒のことで、自分ではないと気づく。

「芳美ちゃんは知らないかな。中学のときの転校生だったんだけど」

テーブル越しに純代が見つめている。

「いま、貴和子って言った？」

芳美は慎重に口にした。

「うん、一柳貴和子。中学三年の一学期に、私と同じクラスに転校してきた子」

そうだ、純代とは中学校まで一緒だった。同じクラスになったことがなかったから、すっかり忘れていた。

「なんとなく覚えてる、かな。地味な子よね」

「死んじゃったのよ」

「え？」

「二、三年前かな」

「嘘でしょ」

無意識のうちに口にしていた。

「ほんとほんと。そんなに仲良くなかったけど、やっぱりショックよねえ」

なにも考えられなかった。頭のなかは真っ白だ。

貴和子が死んだ、と舌の上で転がしてみる。

なにもかも吹き飛んだ頭のなかにまず浮かんだのは、もうあの女を捕まえることはできないのだ、ということだった。

やっと追いつき、逆転したつもりだったのに、あの女はまた手の届かない場所へ行ってしまった。

「ごめんごめん。お待たせー」

目を上げると、小太りの中年女がいた。バカみたいに笑いながら手を振っている。

「久しぶりね、芳美ちゃん。元気だった？」

どかどかと座敷に上がる女の、その背後に芳美は視線を延ばした。

テーブル席があり、左側にはカウンターがある。ほとんどの席が埋まり、話し声と笑い声であふれている。そこにあの女はいない。それなのに、せせら笑うような悪意に満ちた視線を感じた。

第三章

二〇一二年七月

他人のベランダで暮らす男逮捕

他人のベランダで暮らす男逮捕

幸警察署は20日、建造物侵入の疑いで、調布市小島町、無職布施則男容疑者（56）を逮捕した。同容疑者は、川崎市幸区の公営住宅の1階のベランダで1カ月にわたり暮らしていた。見回りに訪れた管理委託業者がベランダにいる男を見つけ110番通報した。取り調べに対し同容疑者は意味のわからないことを繰り返しているという。

――川崎新報　二〇一二年七月二一日朝刊

布施則男が殺すために探し続けていた男をやっと見つけたとき、彼はすでに死にかけていた。

ベッドの上で目を閉じている男は、頬骨の形がわかるほど肉が削《そ》げ落ち、眼窩《がんか》は窪《くぼ》み、そのせいで黒々とした眉毛が奇妙に際立ち、そこだけかろうじて生命力が残っているように見えた。皮膚は茶色く干からび、木の皮のように簡単に剝《は》がれてしまいそうだ。すえたにおいは、風呂に入っていないからか、それとも内臓がすでに腐りかけているからか。閉じたまぶたの合わせ目は動かず、眠っているというより意識をとうに手放しているかのようだった。

下丸子《しもまるこ》駅から近い病院の一室だ。昭和を感じさせる個人病院は地味なタイル張りの二階建てで、古い民家に紛れるようにひっそりしていた。看板は出ているが、ぱっと見ただけでは開業しているのかどうか判断できないほどだった。

四人部屋にもかかわらず、男が横たわる窓際のベッド以外は空いている。ほかの病室も入院患者はまばらで、ときおり老人の力ない咳《せ》き込みが聞こえた。もうすぐ点滴が終わりそうだが、看護師が来る気配はない。

鍵井慎一、と則男はベッドにくくられたプレートの文字を口のなかで転がした。名前の後ろには、(44歳)と年齢がある。

貴和子より八つも下なのか、と瞬間、はらわたが煮えくり返った。

男が鍵井慎一という名前で、この病院に入院していることを知ったのは昨晩のことだ。二年以上必死に探し続けたが行き詰まり、興信所に依頼したのだった。

背後の足音に気づくのが遅れた。振り返ると、則男のすぐそばまで来ていた。

家族だろうか、五十前後の男だった。日焼けした四角い顔に、白髪混じりの五分刈り。グレーのパーカにジーパンというカジュアルな恰好だが、いかつい雰囲気で堅気には見えない。

「見舞客なんて珍しいな。シンちゃんの友達?」

意外にもやわらかな物腰だ。

「ええ、まあ。ご家族の方ですか?」

「俺? 俺はただの腐れ縁。シンちゃん家族いないからさ」

「そうなんですか」

五分刈りの男は手慣れた動作で丸椅子をふたつ並べ、ひとつを則男にすすめると、「ところで、シンちゃんとはどんな友達？」と探るような細い目を向けた。

「ああ、ええ、鍵井さんとは三年ほど前に会ったきり連絡を取っていなくて。入院したと聞いたんで、とりあえず来てみたんですが」

「三年前というと……」

男は眉間《みけん》にしわを寄せ、思い出そうとする表情になった。聞きたくないことを言い出す予感に則男は緊張した。

「シンちゃんの恋人が死んだあたり？」

パチンと鳴らした指を則男に向け、「ちがう？」と無遠慮に聞いてきた。

心臓が一瞬、止まったように感じた。頭が真っ白になり、体から空気が抜けていく。則男はかろうじて残っている冷静さにしがみつき、男との会話を継続させた。

「私が知り合ったときは亡くなる前でしたが」

「あれからだよね、シンちゃんが壊れたの。ずいぶん長くつきあった恋人だったからなあ。しかも、詳しいことは知らないけど、殺されたらしいじゃん。シンちゃんさあ、殺された、殺された、ってずっと荒れてたもんなあ」

「長く、つきあった？」

ほとんど無意識のうちに聞いていた。

「くっついたり離れたりしながら、十年以上もつきあったらしいよ」

やはりこいつは貴和子の男だったのだ。しかも十年以上もつきあっていたのだ。俺は騙されていたのか。いや、貴和子が俺を騙すわけなんかない。

則男は目をぎゅっと閉じ、頭を小さく振った。

ああ、そうだ。きっとこいつの妄想だ。一方的に貴和子を好いていただけだ。そうだ、そうに決まっている。

「病状はどうなんですか？」

一縷《いちる》の望みを抱き、則男は訊ねた。この男の口から、貴和子とのことをすべて聞き出すつもりだった。聞き出してから殺すつもりだった。

「だめ。末期」

「意識は戻らないんですか？」

「最近は全然らしいよ。でもそのほうがこいつのためだよ。苦しいだけだからさ」

ベッドの上の男は、苦しみや痛みからすでに解放されているように見えた。窓からの陽射しに照らされた薄いまぶた、半開きの口の端には白いものがこびりつき、かすかに上下する胸でかろうじて生きているのが確認できる。

「三年ぶりってことは、じゃあ、知らないのかな」

五分刈りの男がひとりごとの口調でつぶやいた。

「なにがです？」

「俺がいま、こいつのためって言ったのは、意識が戻らないほうがいいっていうより、このまま眠るように死んだほうがいいってこと。シンちゃんが自殺未遂したの知らない？」

則男の無言を確認すると、男は小さくうなずいてから続けた。

「一回目はオーバードーズ。二回目は飛び降り。恋人のところに行きたかったんだろうけど、かわいそうに、どっちも助かっちゃったんだよな。だからシンちゃんいま、やっと死ねるって喜んでるんじゃないかな。だから早く死なせてやりたいと俺は思ってるわけ」

則男は返す言葉を見つけられなかった。丸椅子に座っているのに、殴りつけられ、床に崩れ落ちて動けない感覚を味わっていた。

「じゃ俺、仕事あるから行くわ」

男は病室を出ていく間際に振り返ると、「いつ逝ってもおかしくないから、ゆっくりお別れしてやって」と四角い顔に柔和な笑みを浮かべた。

則男は鍵井慎一を見つめ続けた。五分刈りの男の言葉を耳によみがえらせながら。

――ずいぶん長くつきあった恋人だったからなあ。

――十年以上もつきあったらしいよ。

嘘だ、と耳奥から声を追い出す。

則男は立ち上がった。

こいつを叩き起こし、すべて嘘です、と白状させなければならない。貴和子とつきあってなどいなかった、一方的な感情だった、と言わせなければならない。

ぺたぺたとした足音が近づいてきた。

「あらあ、珍しい。鍵井さんにお見舞いなんて」

中年より老人に近い看護師は、さっきの男と同じことを言った。

「点滴、交換しますねー。お友達来てくれてよかったねえ、鍵井さん」

男の顔をのぞき込み、幼児に語りかける口調だ。

「もう意識は戻らないんですか？」

「そうねえ。しっかり戻ることはないわねえ」

看護師はのん気に答える。

「じゃあ会話することは無理なんですね」

「無理でしょうねえ」

こんなはずではなかった、とすべてひっくるめて思う。男が死にかけていることも、会話ができないことも、二度の自殺未遂をしていたことも、死にかけたいまが幸せかもしれないことも、則男が望んでいた反対のことだった。この二年、男を殺すことを支えに生きてきた。則男は何度も想像した。男がみっともなく命乞いをするところを。そんな男を容赦なく殺す自分の姿を。

山田貴和子とはじめて会ったとき、彼女は四十七歳だった。部下から渡された彼女の履歴書をちらりと眺め、芳美と同じ歳か、と思ったことを覚えている。

当時、則男には妻がいた。世間知らずの女だった。前首相の名前も知らなければ、選挙の投票にも行かず、新聞はテレビ欄しか見ず、それを恥じるふうもなかった。アルバイト程度しか働いたことがなく、夫の稼ぎで食べるのをあたりまえとしていた。そんな愚かな女を、結婚する前は純粋で擦れていないと思っていた。則男が三十二、妻が二十九のときに結婚した。妻はいい歳だったにもかかわらず、結婚するまで体をゆるしてくれなかった。そういうことを簡単にしたくない、というのが妻の言い分だった。高校時代の知り合いに誰とでも寝る女がいたの、彼女みたいになりたくないの、と言う妻が、あのときは珍しく手垢のついていない清らかな女だと思ったものだ。しかし、妻は処女ではなかった。いま思い返すと、二十九なのだからあたりまえだ。それでも則男の気持ちが冷めたのは初夜からかもしれない。

貴和子の履歴書はまともに見なかった。もっと若い娘はいなかったのか、と部下を問いつめたかったが、さすがに控えた。妻と同い年の中年女に興味はなかったし、そもそも契約社員など給料分働いてくれればそれでよかった。しかし無関心でいられたのは、ほんの数日のことだった。

居酒屋での歓迎会の帰り、たまたま貴和子と並んで歩いた。これといった話題が見つからず、「仕事には慣れましたか？」「通勤は大変ですか？」といったあたりさわりのない質問を投げかけ、その延長線上で「山田さんはどうして再就職する気に？」と訊ねた。

「いろいろお金がかかりますので」

貴和子は遠慮がちに答えた。

「なるほど」

則男は軽く流した。

「子供がいますので」

貴和子の声が華やぎ、気のせいか自慢と満足の気配がした。

「ふたりいるんです。ひとつちがいの男の子と女の子。ですからなにかと出費がかさんでしまって」

聞いてもいないのに子供のことを語る彼女は、狭い世界に住む平凡で愚鈍な主婦といった印象で、たとえ契約でもこの先仕事を任せて大丈夫かという気さえした。ふたことめには子供子供とやかましく、この女も芳美と同じ部類か、と胸に忌々しさが滲み、小さく舌打ちをした。

妻は、結婚前から子供を産むことに執着していた。できるだけ早く、たくさん子供が欲しい。男の子でも女の子でもいいの。熱っぽくそう語る妻を、結婚前は無邪気で母性の強い女なのだと思った。妻が望む日に、望む体位で性交した。しかし、子供には恵まれなかった。妻は何度もヒステリーを起こし、それを静めるために渋々病院へ行った。問題は則男のほうにあった。「あなたのせいよっ。役立たずっ」と泣き叫ぶ妻に、処女じゃなかったくせに、と言い返したくなったが無言を貫いた。その日から心も無言のままだった。

妻を思い起こさせたことに、意地の悪い気持ちがこみ上げた。

「なるほど。ご主人のサラリーでは生活できない、と」

嫌味を口にし、貴和子がどんな反応をするか、じっと見つめた。むっとするのか、慌てるのか、恥ずかしがるのか、それとも平然と肯定するのか。しかし、貴和子の反応はどれでもなかった。

則男を見つめ返し、ふわりとほほえんだ。きつく結んだリボンがほどけるような笑みだった。その瞬間、彼女のなかに少女を見た。その少女を意のままにしたい、という激しい欲求が突き上げた途端、いや、少女じゃない、と則男は思った。彼女のなかにいるのは、なまめかしさを滴らせた女ではないのか？　どっちなんだ、と気づかぬうちに則男の視線は深く鋭くなった。

貴和子の笑みは困惑する表情に変わり、やがて真顔になった。

なぜほほえむのをやめたんだ、なぜ視線をはずしたんだ、焦らしてるつもりか、媚を売ったのはそっちじゃないか、と則男は苛立ち、そんな自分にうろたえた。

気がつくと、彼女の夫に嫉妬していた。「ご主人のお仕事は？」「ご主人はおいくつですか？」などと矢継ぎ早に言葉が出た。俺はかなり酔っているのかもしれない。そう自覚したのは「ご主人のどこに惹かれたんですか？」と衝動のまま聞いてしまったときだ。

「子供が欲しかったので」

そこで言葉を切ると、貴和子はためらいがちに「主人には事故の後遺症があって」と続けた。

「そうでしたか。失礼しました」と形ばかりの言葉に、貴和子のつぶやきが重なった。「はい？」と訊ねたが、繰り返してはくれなかった。

しなくてもよかったので――。そう聞こえた。

なにをしなくてよかったのだろう、と考えたのは数秒のことだった。ああ、死ななくてよかった、と言ったのか。則男は答えを導き出した。事故に遭って後遺症が残ったものの死ななくてよかった。きっと彼女はそう言ったのだ。

子供が欲しかったから結婚した、という貴和子の答えは、無精子症の則男を激しく傷つけた。まるで、おまえじゃだめだ、と言われたようだった。

「しなくても、手に入ったので」

そう続けた貴和子のつぶやきは、則男の耳を素通りしていった。

「子供をつくるためなら誰でもよかったように聞こえますね」

則男は心中をそのまま口にした。けんか腰になったのを自覚し、慌てて、はっはっはっ、と高笑いをしてみたが、惨めさと腹立たしさは増していくばかりだ。

「すべて持っていたので」

貴和子はさらりと言った。

「え？」

「主人はすべてを持っている人だったので」

それがのろけだと気づくまで時間がかかり、その分、鬱憤が募った。則男は顔も知らない彼女の夫に激しく嫉妬し、俺だって持っている、と思った。いや、俺のほうが持っている。俺はできる人間だ。強い人間だ。仕事も、生活水準も、俺のほうが勝っているではないか。彼女の夫の勤務先は聞いたこともない社名だったから、おそらくその辺の零細企業なのだろう。妻を働かせなければならないということは稼ぎも少ないはずだ。ただ生殖機能が正常というそれだけのことだ。

歓迎会の夜を機に、則男の目は貴和子を探し、腹の奥は貴和子を求めるようになった。

ただ、同じ職場でもなかなか話をすることはできなかった。則男は外回りや出張が多かったし、貴和子と仕事で直接かかわることはなかった。

則男は昼休みを利用した。それまでは外に食べに行っていたが、在社しているときは社員食堂に行った。貴和子はいつも手製の弁当を持参し、同じ契約社員たちと一緒のテーブルについていた。則男はそばの席に座り、硬いカツや冷えた鶏肉を咀嚼しながら彼女の声を聞き逃さないよう耳をそばだてた。貴和子は自分からしゃべらない女だった。なにか聞かれると答えるが、ぼそぼそっと控えめな声で、聞こえたり聞こえなかったりした。仕事にまだ慣れないこと、朝五時に起きること、息子が受験生であること。取るにたりない事柄ではあったが、則男にとっては貴重な情報だった。

いつからか、貴和子はひとりでテーブルにつくことが多くなった。

「ここ、いいですか？」

ある日、声をかけた。タイミングよくほとんどのテーブルが埋まっていた。

「あ、はい。どうぞ」

貴和子はふわりと笑った。その瞬間、魂が持っていかれるのを感じた。

やはりこの女は俺を誘っているのだ。だから、ひとりで昼食を摂《と》るようになったのだ。そうでなきゃ、こんなふうに笑いかけるはずがない。恥ずかしそうに、待っていたように、嬉しそうに、無邪気に、すべてわかっているというふうに。彼女のほほえみには、則男が求めるすべての感情が込められているように見えた。

あたりさわりのない話をしてから、「今度、食事でもしませんか？」と誘った。

「家族がいますし、子供が待ってますから」

彼女は目に警戒の色を浮かべ、控えめに、しかし迷いなく言った。

「いやいや、そういうんじゃなく、いろいろ相談にのってあげられるかと思ってね。まだ仕事に慣れていないと小耳に挟んだもんで」

則男が言い繕うと、黒い瞳がやわらぎ、安心し切った少女の目になった。

いや、少女じゃない。則男の胸がざわめいた。装っているだけではないか？　ほんとうは真逆なのではないか？　少女のように見えるとき、その内にはいやらしい女がひそんでいるのではないか。いやらしい女に見えるとき、その内には無垢な少女がひそんでいるのではないか。

それからも何度か貴和子と昼食をともにすることができた。仕事を口実に携帯の番号を教え、彼女のも聞き出した。夕食にも誘ったが、「家族がいるので」「子供が待っているので」

「家庭があるので」と彼女の返事は同じだった。

「ご家族を大切にしてるんですね」

腹立たしさが滲まないよう、ほがらかさを意識した。

「完璧な家族ですから」

貴和子は大切なものをそっと見せるように言い、「平凡な家庭ですけど、私にとっては幸せな家庭なんです」と続けた。

どこが完璧なんだ、と返したいのを必死で堪えた。

妻に働かせるなんて夫は甲斐性なしじゃないか。そんな夫のことを「すべてを持っている人」だなんて、つつましいにもほどがある。目を覚まさせてやりたい。すべてを持っている男とはどういう男のことか、完璧なのはどういう生活のことか、俺がわからせてやりたい。

妻の仏頂面が浮かび、自然と則男の口角が下がる。芳美と寝室を別にしたのは、子供ができないとわかってからだ。そのころから一緒に食事をすることも、目を合わせることさえなくなった。不満を餌に生きているような女だ。働きもせず毎日ごろごろして、誰のおかげで生活できるのか考えたこともないのだろう。俺はあんな女を養いたいんじゃない。

則男は妻を憎んだ。妻を憎むより、貴和子の夫を憎む気持ちのほうが数段強かった。死ねばいいのに。本気でそう思った。そうすれば貴和子を好きにできる。俺がすべてを与えてやれる。

一年半後、則男の祈りは通じた。貴和子の夫が死んだのだ。

病院を出た途端、則男の足が止まった。

これからどこへ行き、なにをすればいいのか、まるでわからなかった。貴和子が死んで以来、あの男を見つけて殺すことしかやるべきことはなかった。唯一の生きがいが、いま取り上げられたのだ。

則男は病院の前に立ち尽くしたまま、鍵井慎一がいる二階を見上げた。あの窓の向こうで、男は望みどおり死のうとしている。

じゃあ、俺のしてきたことはなんだったのか。あの男を殺すことだけを支えにしてきた二年間は。あの男は死にたがっていた。貴和子のもとに行こうとしていた。俺はひとりでからまわりしていただけか。

もうなにもない、と則男は思った。俺にはなにもない。仕事も、家族も、目的も、生きる気力も。貴和子の死後もかろうじて継続してきた人生がこの瞬間、ぷつりと音をたてて切れた気がした。

来月、五十六になる。この二年を除いて、精力的に生きてきたつもりだ。赤ん坊のころからよく泣き、よく笑い、よく食べ、よく動いていた、と亡くなった母は言っていた。エネルギーのかたまりみたいな子だったね、と。母の言葉どおり、則男は子供のころから自分の内にエネルギーが満ちているのを感じていた。ときにあふれそうなほど高まり、万能感さえ覚えることがあった。大人になるにつれ、それが「自信」や「気力」と呼べる種類のものだと自覚するようになった。そこそこの大学を出て、そこそこの企業に就職し、そこそこのポジションについた。だいたいのことがそこそこではあったが、生きる力と潜在能力は秀でていると思っていた。

しかし、貴和子の死がすべてを変えた。

自分が五十を過ぎて会社を辞めるとは想像もしていなかった。ましてや無職になろうとは。退職後は次の仕事を見つける気にならず、男を探すことと、酒を飲むことで日々を費やした。どこへ向かえばいいのかわからないまま無理やり足を動かした途端、死ねばいいのか、と閃いた。

そうだ、死ねばいい。いや、死ななくてはならない。あの男より先に、貴和子のもとへ行かなければならない。

そう考えたら、空洞となった心にひと筋の光が射し込むのを感じた。やるべきことがひとつ、天から降ってきたようだった。

則男は当てもなく歩き、目についた居酒屋に入った。体がアルコールを求めていた。カウンターで焼酎を飲みながら、いつ、どのように死のうか考え、今日中に実行することを決めた。思い残すことも、やり残したことも、ひとつも浮かばない。むしろ、これ以上生きなくていいことにせいせいする思いだった。

俺の人生はこんなものだったのか。会社を辞めるときでさえ引き継ぎがあったのに、命を絶つときはなんの準備も申し送りもしなくていいのか。その程度の人生だったのか。

いくら飲んでも酔えず、頭の芯は冴え渡っていく。

則男は立ち上がった。酔った感覚はこれっぽっちもないのに足がふらついた。

店を出ると、夜空に薄い雲がかかり、地上には湿気が漂っていた。自由にならない足で、人の流れにまかせて歩いていく。このまま歩き続け、行き詰まったところで死ぬか、と思いつく。しだいに人通りがまばらになり、静けさと暗さが深まっていく。発情期だろうか、それともけんかだろうか、猫のせっぱつまった鳴き声がする。木造の一軒家が並ぶ住宅地を抜けると、開けた場所に出た。

多摩川だ。

ここか、と則男は悟った。導かれた気がした。ここが俺の死に場所なのだ。川で溺れ死ねばいいのだ。

くろぐろと流れる川が目の前にある。光をのみ込んだ巨大な夜の帯が、地響きに似た低い音をたてながら流れていく。

どんな考えも入り込まないよう、則男はよろけながらも突き進み、川に足を踏み入れた。くるぶしに冷たい水がぶつかってくる。川の流れに持っていかれまいと、自然に踏ん張っていることに自嘲する。

突然、恐怖に捕まった。前進しろという脳の指令を、体が全力で拒否している。怖くなんかない。きちんと言葉にして自分に言い聞かせた瞬間、恐怖の理由が明確になった。

黒い流れは、死への流れだ。冷たい水は、死の象徴だ。

死ぬのが怖い――。

則男は吠えた。肉食獣の咆哮《ほうこう》のように、いや、肉食獣に捕らえられた草食動物の断末魔のように、夜空に向かって絶望と恐怖を吐き出した。

俺は死ぬこともできないのか。意気地なしなのか。あの男よりも劣っているのか。貴和子を思う気持ちはあいつのほうが強いのか。

則男は川から上がり、来た道を引き返した。とりあえずもっと酒が飲みたかった。のれんをくぐり、引き戸を開けた。煙のにおいを嗅いだ。カウンターに座り、焼酎を注文した。そこまではなんとなく覚えている。やがて世界がゆっくりと回転しはじめ、則男から遠ざかっていった。

頭痛で目が覚めた。

目が覚めて数秒のあいだ、いまがいつで、ここがどこなのか、混乱した。カーテンが陽の光を遮り、部屋は薄暗い。自分のうちだ、と気づく。

昨晩のことを思い出そうとしたが、うまくいかない。記憶を辿るのは早々にあきらめ、ベッドのなかで夢の余韻に浸った。内容は覚えていないが、腕には女のぬくもりとやわらかさが残り、耳には甘い息の気配が感じられる。おそらく、夢のなかで貴和子を抱きしめたのだろう。

夢から覚めたくなかった。永遠に眠っていたかった。

寝返りを打つと、ずきん、とこめかみに重い脈動を感じ、息を吐くとアルコールのにおいが鼻をついた。

喉の渇きに耐え切れず、ゆっくりと体を起こした。ずきん、ずきん、とこめかみが痛む。ベッドを下り、寝室のドアを開けた。

その瞬間、まばゆさに包まれた。

リビングのカーテンは開いていて、きらめく陽射しにあふれている。

「おはようございます」

光のなかに女がいる。笑いかけている。

あまりのまばゆさに、則男は目の前の光景を直視できないでいた。

女はキッチンに立っていた。片手にマグカップを持っていることに気づいたとき、則男の鼻孔にコーヒーの豊かな芳香が流れ込んできた。

「ごめんなさい。勝手にコーヒーを淹れさせてもらいました。飲みますか?」

四十代だろうか、女は親しげに話しかけてくる。

俺は死んだのか、と一瞬、思った。死んで、別の世界に飛ばされたのか。その直後、生唾のように滲み出してきたのは、俺はこんな暮らしをしたかったのだ、という焦がれるような気持ちだった。

「でも、その前に……」

女は最後まで言わず、笑って目をそらした。

則男は、自分がトランクス一枚なことに気づき、「あ、ああ、あ」とうろたえた声を出しながら、あたふたと寝室に戻った。

遮光カーテンで閉ざされた寝室は薄暗く、アルコール臭とすえたにおいがした。貴和子が死んでから、俺はずっとこんな世界にいたのだな、とそんなことを思った。しかし、あの女は誰なのだ？　まさか俺はあの女とずっと暮らしていたのか？　いままで現実だと思ってきたことのほうが夢だったのか？　長い夢をみていたのか？　そんなとりとめもないことを考えながら、クローゼットから適当な洋服を探していると、昨晩の記憶が断片的によみがえってきた。

居酒屋のカウンター。倒れたグラス。歩道に倒れた感覚。大丈夫ですか、という女の声。目の前で停まったタクシー。窓越しに流れる夜の風景。

ふーっ、と深く息を吐き出してから、則男は再び寝室のドアを開けた。

キッチンの女が振り返り、「ブラックでいいですか？」と聞いてきた。則男の当惑に気づき、「覚えてないんですね」と笑みを広げる。

「迷惑をかけてしまったみたいで……。まさか、その……」

女は、くすっといたずらっぽく笑う。

「大丈夫。変なことはされてないから。私、ソファで寝かせてもらったので。全然覚えてないですか？」

則男は曖昧にうなずきながら、両腕に残っていたぬくもりとやわらかさはこの女のものだったのではないか、と思った。

「歩道で寝てたんですよ」

女の言葉に、アスファルトの硬い感触が頰によみがえる。

「大丈夫ですか、って声をかけたら、なんとか立ち上がったんですけど、私にもたれかかってきて、助けてくれ、って」

助けてくれ――。自分の声が耳奥で響いた。

「それでタクシーに乗せたら、一緒に来てくれ、って」

「も、申し訳ない」

「いえ、いいんですよ。泊めてもらって私も助かりました。あの近くの居酒屋で働いてるんですけど、終電を逃しちゃってどうしようか困っていたんです」

申し訳ない、と則男は繰り返した。

「ひとり暮らしなんですか？　ご家族の方に誤解されたらどうしようかと思ってたんですけど」

「ひとり暮らしです。離婚して。……独身だ」

独身、のところで無意識のうちに声を張っていた。

「よかった」

安堵《あんど》したような笑顔に、則男の心臓は息を吹き込まれたように膨らんだ。

女はどんなつもりで、よかった、などと言ったのか。知らず知らずのうちにそんなことを考えていた。

「そっちこそ」則男は口ごもった。「そっちこそ、ご家族が心配してるんじゃないですか？ご主人とか」

女はわずかなためらいのあと、「いいえ」と答えた。

どういう意味の「いいえ」なのか、則男が頭を巡らせていると、

「私もひとり暮らしなので」

女はぽつりと、どこか頼りなげに言った。

陽光に目が慣れると、女の細部が目についた。化粧っけのない顔は頰骨のあたりにしみが散らばり、笑っていなくとも目尻にうっすらとしわがある。目の下には薄いくまがあり、短い髪は天然パーマだろうか波打っている。

苦労しているのではないか、とそんなふうに思った。

女が淹れたコーヒーはかなり薄かった。それでもこんなに味わい深いコーヒーを飲むのは久しぶりの気がした。

「お仕事は大丈夫ですか？」

「え？」

「もうすぐ十時になりますけど、お仕事に行かなくていいんですか？」

「あ、ああ。大丈夫です。ずっと忙しかったからまとめて有給をもらったんで。だから、昨晩は久しぶりに深酒をしてしまって。いや、お恥ずかしい」

則男は後頭部に手を当て、ははっと笑ってみせた。こんなふうに笑うのは、貴和子が死んでからはじめてだと気づく。

「じゃあ、私はそろそろ」

辞去しようとする女を、則男は「あ、ちょっと」と反射的に引き止めた。

「はい?」

「あ、いや。もし時間があるなら、食事でもどうかなと思って」

女はふっとほほえむ。

「午後からパートに行かなきゃならないので」

「ああ、じゃあ、駅まで送ります」

則男が立ち上がると、女はなにか言いたげな表情になった。

「なにか?」

「あの、タクシー代……」

恥ずかしそうに告げ、意を決したように視線をぱっと上げる。

「すみません。私、タクシー代を立て替えてて。一万円ちょっとなんですけど。それがないと家賃が払えなくて」

「あ、し、失礼」

則男は慌てて財布を取りに行き、一万円札を二枚抜いた。「お釣り」とバッグを開けようとした女を制し、「釣りはいりません。迷惑料です」とその手に紙幣を握らせた。女の手はふっくらと弾力があり、温かかった。

「ありがとうございます」

女は言った。羽毛が舞うような声だった。

その瞬間、心に命が吹き込まれるのをはっきり感じた。

――ありがとうございます。

俺はこの言葉をずっと聞きたかったのだ。そう気づいたら、涙が出そうになった。

ありがとうございます、と貴和子が言ったことはあっただろうか。

貴和子を助けられなかったから、彼女が望むようにできなかったから、あの男を殺せなかったから、だから貴和子は一度も礼を言わなかったのだ。

貴和子の夫の死を知ったとき、則男の万能感は極限まで高まった。この先、望むことはすべて叶うのではないかとさえ感じられた。

葬儀の手伝いをきっかけに、貴和子との距離を一気に縮めることができた。府中の家までまめに線香を上げに行き、名義変更など必要な手続きについてアドバイスし、正社員登用試験を受けることをすすめ、そのための書類やテキストを自宅に届けた。

はじめて体を重ねたのは、則男が離婚してすぐのことだった。ふたりで食事をし、その帰りに引っ越したばかりのマンションに誘った。

「実は離婚したばかりなんだ」

だから俺の覚悟と気持ちを理解しろ、という意味を込めて則男は告げた。

離婚を切り出したのは妻からだった。なぜ妻が離婚しようと思ったのか、離婚後どうやって生活するつもりなのか、ちらりと頭をかすめはしたがどうでもよかった。どのみち無理やりにでも離婚するつもりだった則男は、妻の気が変わらないうちに大急ぎで手続きをした。

貴和子は少しのあいだ考える表情になり、

「じゃあ、夫にも父親にもなれるんですね」

と、ひとりごとの口調で言った。

則男はそれを告白と受け取った。やはりこの女は俺に好意を持っているのだ。俺を求めているのだ。内なるエネルギーが満ちあふれるのを感じた。

彼女を抱きしめた。あ、と息を吸うような声が耳もとでした。高揚感と満足感、そして支配欲が突き上げ、久しぶりに激しく勃起した。引きずるように寝室へと連れていった。彼女は何度か体をねじったが、形ばかりの抵抗のように感じた。

ベッドのなかで貴和子は乱れた。最初こそ抵抗の余韻を残そうとしたものの、すぐに熱く激しい波に身をゆだねるように全身をくねらせ、喘《あえ》ぎ声をあげた。体を開く、という表現がぴったりだった。貴和子は、体の穴という穴を無防備に開き切った。互いの性器をつなげることで、体の奥深くを晒そうとするかのようだった。

あまりの激しさと妖艶さに、則男はたじろいだ。自分はいいようにされているのではないか、とわけもわからずそんなことを思った。恐ろしい女だといううっすらとした怯《おび》えと、もっと強くつながりたいという欲求が、頭のなかをぐるぐるまわった。やがて熱く激しい波にのみ込まれ、溺れた。

体を離してからしばらく動けなかった。まるで自分の内側をまるごと持っていかれたようだった。気がつくと、貴和子が呼吸だけで泣いていた。

「どうしたんだ？」

則男がのぞき込むと、涙の奥の瞳が見つめ返してきた。

「幸せが崩れました」

「どういうことだ？」

男としての自分を否定された気がして則男は気色《けしき》ばんだ。

「お金がいるんです」

その言葉にほっとし、「なんだそんなことか」と思わず言っていた。

則男は、貴和子に金を渡すようになった。五十万、百万、百五十万。貴和子が金のことを口にするのは決まって交わった直後だった。

当初は言い渋っていた貴和子だったが、則男が問いつめると、あの男の存在を口にした。

貴和子は、夫の死後、いきなり現れた男に金を要求されていた。男は夫に金を貸していたと言うが、いくら貸しているのか、いくら返せばいいのか、借用書はあるのかなど、詳細は明らかにしないという。

「そんなものは放っておけばいい。金を渡す必要はない」

呆れ果てた則男が言うと、怖いの、と貴和子は答えた。

なにをされるかわからない。断ればひどい目にあわされる。通報すると言っても、あの男は笑っていた。警察など怖くない、後悔するのはおまえのほうだ、と。あの男がいる限り幸せにはなれない。

「幸せが欲しかっただけなのに」

そうつぶやき、則男の胸に顔を埋めた。湿った呼吸が毛穴から侵入してくるのを感じ、果てたばかりの性器に血が集まるのを感じた。

「罰が当たったのね。罰を与えるために、幸せを与えたのね」

貴和子のつぶやきが皮膚を震わせた。

今度男が訪ねてきたら知らせるように、と則男は言った。気づかれないよう正体を突き止めるから、と。そのときすでに男を排除するつもりでいた気がする。貴和子がそう望んでいるのを感じたからだ。しかし、それだけじゃない。ほんとうに夫の借金なのか、男に貢いでいるのではないか、男と貴和子はできているのではないか、という疑いが芽生えていた。

あの男が来た、と貴和子から連絡があったのは日曜日の夕方だった。則男はすぐに向かい、〈山田〉の表札がかかった家を、斜め向かいのアパートの塀に隠れて見張った。男はなかなか出てこなかった。陽が沈み、街路灯がつき、路地に闇が流れ出す。いったいなにをやっているんだ、と則男は焦れた。喘ぎながら体をくねらせる貴和子が浮かび、ドアを蹴破りたい衝動を必死に堪えた。

男が出てきたのは一時間をゆうに過ぎてからだ。どこか投げやりで、怖いもの知らずな印象だった。想像より若くいい男だったことが、則男の焦りと怒りに拍車をかけた。

男は北千住《きたせんじゅ》まで行った。駅の西口を出てペデストリアンデッキを歩き、階段を下りたところで立ち止まった。数秒後、力が抜けたようにすとんとしゃがみ込んだ。なにか落としたのかと思ったが、ちがうようだった。男は、何度か顔に手を持っていった。ペデストリアンデッキから見下ろす則男には、それが涙をぬぐう仕草に見えた。

やがて立ち上がった男は駅へと戻り、電車に乗った。品川のパチンコ店に入っていくところまでは見届けた。台に向かって座る彼も見た。しかし、ほんのわずか目を離した隙に男はいなくなった。

その数日後、貴和子は死んだ。

貴和子の死後、則男のするべきことは男を探し出し、殺すことのみになった。北千住駅のペデストリアンデッキと品川のパチンコ店に通い続け、二か月前、ようやくパチンコ店に男が現れた。かなりやつれ、一気に年老いたように見えたが、まちがいなかった。店を出た男は新馬場《しんばんば》駅近くのマンションに入っていった。七階建てのオートロック付きマンションで、どの部屋に住んでいるのかはわからなかった。路上で殺せばよかったか、と後悔したが遅く、則男は興信所に依頼した。

病室に入ると、鍵井慎一の目が薄く開いていた。しかし、その目がなにものも捉えていないのは明らかだった。則男が近づいてもまったく反応せず、土に埋もれていたガラス玉のような曇った眼球だ。一秒ごとに男が、望みどおりの結末に近づいているのが感じられた。

則男は丸椅子に座り、弛緩し切った男を見下ろした。

いつ逝ってもおかしくない、と五分刈りの男が言ってから一週間になるが、鍵井慎一はまだかろうじてこの世界に踏みとどまっている。

則男が毎日病院を訪れるのは、男の死を見届けたいわけではなく、自分の知らないうちに勝手に死なれるのが我慢ならないからだ。

男の脳に届かないと知りながらも、いつものように「おい」と声をかけた。

「おまえは貴和子のなんだったんだ？」

そこで言葉を止め、真上から男を見つめ直す。呼吸する音がかすかに聞こえるが、その音は、しゅー、しゅー、と空気が少しずつ漏れていくように感じられた。

「おまえは貴和子とつきあっていたのか？　ちがうよな？　嘘だよな？　おまえの一方的な感情だったんだろ？　おまえ、ストーカーだったんだろ？　つきまとって金をせびってただけだろ？」

しゅー、しゅー、しゅー。男は空気と一緒に、生命の残り時間を吐き出していく。

「なあ。教えてくれ。おまえと貴和子はできてたのか？　貴和子だ、山田貴和子。なんとか言え」

男のくちびるが、漏れていく空気を留めようとするかのようにひくりと動いた。あ、あ、とかすかな動きが、「や、ま」と言いたがっているように見えた。しかし、動いたのは一、二秒のことで、すぐに弛緩した半開きに戻った。

や、ま、だ、き、わ、こ。そう言おうとしたのではないか。

則男は小さく首を振る。鍵井慎一が貴和子の恋人だったはずがない。もしそうだったら、貴和子がこの男を殺してほしいと頼むわけないじゃないか。

あの男を殺して——そう口にしたわけじゃない。ただ、貴和子がそう望んでいたことはたしかだ。こいつを殺しさえすれば、貴和子を意のままにできるはずだった。彼女がいままで幸せだと思ってきたことをぶち壊し、生殖能力がなくても完璧な幸せを与えてやれると信じられた。

病院を出た則男は、銀行のATMコーナーで十万円を引き出した。

今日はこれから女と会う約束をしている。

——ありがとうございます。

貴和子から聞けなかった言葉をくれた女は、宇賀島敦子といった。年齢は四十二歳。川崎市の公営住宅に住んでいる。昼はスーパーで、夜は居酒屋の厨房でパートをしているらしい。

あの日、彼女を駅まで送る途中で、なんとか食事の約束を取りつけた。「なかなか休みが取れなくて」という彼女に、生活が大変なのか？　と思わず聞きそうになったが、早すぎると自重した。

待ち合わせ場所は、蒲田の駅ビルのなかのコーヒーショップだった。約束の十分前にもかかわらず、すでに敦子は来ていた。則男に気づくとぱっと笑いかけ、小さく会釈した。

「お待たせしてしまって」

そう言いながら、彼女の向かいに腰かけた。

「いいえ。私のほうが早く来すぎちゃって」

はじめて会った日のように、敦子は親しげに返した。

早く来すぎたのは、俺と会うのを楽しみにしていたからだろうか。そう考え、みぞおちのあたりから熱が広がるのを感じた。

敦子は薄く化粧をし、くちびるは薄紅色だ。短い髪はこのあいだより整っているように見え、小さなイヤリングまでしている。

「先日は迷惑をかけてしまって」

則男は改めて詫びた。

「いいえ。こちらこそタクシー代を多くいただいちゃって。ほんとうによかったんですか？」

「もちろん」

則男は力強く言い、少しあいだを置いてから、この一週間気になっていたことを口にした。

「家賃は払えましたか？」

「え？」

女のふいを突かれたような表情に、早まったか、と焦った。

「あ、いや、すみません。失礼なことを言いました。このあいだ、家賃のことをおっしゃっていたので、余計なことかと思いましたが、ちょっと心配になって」

敦子の視線が下向きになる。なかなかしゃべろうとしない。

後悔で腹が重くなりかけたとき、敦子は目を上げた。

「ありがとうございます」

そう言って、ふっくらほほえんだ。

まるで魂をやさしくついばまれたように、則男の胸に心地よい痛みが生まれた。「え？」と無意識のうちに声を出したのは、いまの言葉をもう一度聞きたかったからかもしれない。

敦子は、則男の望みどおり、「心配してくださって、ありがとうございます」と言い、恥ずかしげな表情で「そうですね。私、そんなこと言いましたよね。いやだ、恥ずかしい」と続けた。

「恥ずかしいことなんかない」

そう言った則男を、敦子はじっと見つめた。

「布施さんて頼りがいがあるんですね。さすが大きな会社の部長代理さんですね」

彼女には、以前勤めていた会社の名刺を渡してあった。

「このあいだと全然ちがいますね」

いたずらっぽく笑う。

「こ、このあいだは飲みすぎたせいだ」

則男の顔がほてる。

「家賃は払えました」

「そうか。よかった」

「一か月遅れですけど」

返事に詰まった。

「いい歳して恥ずかしいんですけど」

と、敦子は短い髪を耳にかける。真珠のイヤリングをつけた小さな耳たぶに則男の目がいった。

「いろいろあって……」

「というと？」

敦子はためらいながらも、別れた夫が借金を残して逃げたことを告げた。耳に髪をかけるのは恥ずかしいときや困ったときの癖なのだろう、彼女の左手は耳もとで同じ動きを繰り返した。

「保証人になっていたとか?」

「いえ、そうじゃないんですけど」

「じゃあ、払う必要はない」

「夫に頼まれて、私名義で借りてしまったので」

彼女はそう言い、「バカですよね?」と上目づかいになった。

「私、資格も特技もないし、これといった経験もないから、なかなかいい仕事が見つからなくて。今後のためになにか資格でも取りたいんですけど」

則男は銀行の封筒をテーブルに置き、敦子のほうへ滑らせた。え、と敦子のくちびるが動く。

「応援させてください」

「え?」と、今度は声になった。

「十万円入ってる」

そう告げた途端、敦子からほほえみが消え、警戒する顔つきになった。

「変な意味に取らないでほしい。断じてそういうんじゃない」

則男は声を張ったが、敦子は警戒を緩めず、頰をこわばらせている。

「返せるようになったら返してくれればいいし、返さなくてもかまわない」

私には姪がいたんだ、と則男は用意しておいた嘘を告げた。

「わけあって、ずっと金銭的に援助してたんだ。私には子供がいないから、娘のようにかわいがっていた。でも、亡くなってね。だから、その子の代わりに、」

「いつですか？」

「え？」

「その姪の方はいつ亡くなったんですか？」

「に、二年前だ」

そんなことを聞かれるとは想定しておらず、とっさに口から出たのは、貴和子が死んだ時期だった。この瞬間まで熱っぽく疼いていたみぞおちに鈍い痛みが広がり、罪悪感に似た感情で呼吸が苦しくなった。

「ありがとうございます」

女の声が、痛みも罪悪感もかき消した。

則男は敦子を見つめ直した。

「ありがとうございます」

そう繰り返したとき、敦子は泣いていた。両目から涙がはらはらとこぼれているが、それが悲しみや苦しみによるものではないことは明らかだった。

「気にしなくていい」

女の涙にうろたえながらも、則男の胸は満足感と幸福感で破裂しそうだった。

「頼る人がいなくて。こんなによくしてもらったの、はじめてで。私、嬉しくて」

敦子は泣きながらも笑顔をつくり、「ほんとうにありがとうございます」と両手で封筒を受け取った。


則男が仕事を探しはじめたのは、敦子と出会って一か月が過ぎてからだった。

銀行の預金残高を改めて目にし、このままでは敦子を援助し続けることはできないと気づかされたのだ。退職金のほとんどは生活費とパチンコ代に使い、残っているのは自分ひとりがなんとか一年暮らせるほどの金額だ。

それでも則男は焦らなかった。名の知れた保険会社の部長代理まで勤めたのだから引く手あまただと思っていた。予想に反して書類選考で落とされるのは、相手に見る目がないのと、縁がないからだと結論づけた。

借金がいくらあるのか、敦子は教えてくれなかった。女ひとりが借りられる金額だから、せいぜい百万か二百万ほどだろう。

則男は一度にまとまった金を渡すのではなく、会うごとに三万か五万を渡すようにした。

——ありがとうございます。

そのたび敦子はふっくらとほほえみ、則男の胸をあまやかについばんだ。

敦子と会うのは、週に一度。たいてい駅ビルのなかのレストランで食事をした。酒を控えたのは、彼女に警戒されないためだった。

はじめて敦子の家に行ったのは、はじめて彼女と酒を飲んだ夜だった。なにが食べたいか訊ねた則男に、敦子は「焼き鳥とビール」と答えたのだ。

誘っているのかもしれない。カウンターに並んで座り、焼き鳥を食べ、ビールを飲んでいるあいだ、その考えは消えなかった。則男の推察は当たった。焼き鳥屋を出た敦子は、「よかったら、うちに寄って行きますか？」と髪を耳にかけながら、うつむき加減で言った。

その瞬間、則男はすべてを理解した。敦子は最初から俺に気があったのだ、と。それをひとめぼれと呼ぶのはさすがに図々しい気がしたが、なにか運命的なものを感じたのかもしれない。そうでければ、見ず知らずの酔っ払いをわざわざ送り届け、しかも泊まっていくわけがない。

いままで彼女に遠慮していた。不審がられないように、迷惑がられないように、ある程度の距離感を持って接してきたつもりだ。しかし、敦子はじれったかったのかもしれない。もっと積極的になってもよかったのだ。

タクシーを降りたのは、住宅地のゆるやかな坂道を下ったところだった。四階建ての団地が三棟建ち、背後には送電塔がそびえている。まだ十時を過ぎたばかりなのに、窓の灯りはまばらで深夜のような静けさだ。

「古くてびっくりしたでしょ？」

耳に髪をかけながら敦子が小声で聞いてくる。

「いや」

声が掠れた。

「もうすぐ建て替えで、入居の募集をしてないの。だから空き室が多いんです。不用心よね」

敦子の住まいは、いちばん奥の建物の一階だった。うぐいす色のドアが左右にあり、彼女の言葉どおり右側は空き室らしく、ドアポストがガムテープでふさがれている。

「汚いところですけど、どうぞ」

彼女に続いて玄関を上がりながら、やはり誘っているのだな、と則男は思った。

質素な部屋だった。食堂には冷蔵庫と電子レンジとテレビのほか、小さな食器棚とちゃぶ台。食堂とひと続きの和室には洋服だんすがあるだけだ。

　促されるまま、則男は座布団の上にあぐらをかいた。ちゃぶ台に目をやると、専門学校のパンフレットがいくつか重ねてあった。いちばん上のものを手に取り、ページをめくると、介護福祉士のコースに黄色いマーカーで印がつけてあった。

「あ、やだ」

　お盆を持った敦子が声を放つ。則男にグラスを手渡し、「どうぞ」とビールを注ぐ。

「ただの夢物語ですから」

　恥ずかしそうに言う。

「夢物語？」

「家賃もまともに払えないのにバカみたいでしょ？　でも、パンフレットはただでもらえるもの。お金がかからない分、宝くじよりいいわよね」

「行きなさい」

　敦子は笑いながら、「無理よ」と答えた。

「学費なら俺が払う」

「そんな」と、首を振りながらまだ笑っている。則男の申し出を冗談だと思っているのだ。

「とりあえず二百万あればたりるな。そのくらい、俺なら出してやれる」

そう言うと、敦子はやっと真顔になった。

「だめよ。いまでも十分すぎるくらい助けてもらってるのに」

「このくらいたいしたことないさ」

へその奥から、熱いエネルギーが滲み出すのを感じた。久しぶりに味わうあふれんばかりの自信と気力に、則男は恍惚となった。

「だめ。そんな大金受け取れないわ。どうやってお返ししたらいいかわからないもの」

「俺は敦子の力になりたいだけだ。返す必要はない」

敦子はしばらくのあいだ、見開いた目を則男に向けていた。そのぽっかりとした目がうるみ、瞳が揺らぎ、やがて涙をあふれさせた。

「いいの？」

「いいさ」

「ありがとうございます。ありがとう、布施さん」

そう言って抱きついてきた。

則男の耳にくちびるを寄せ、湿った息にのせて何度も「ありがとう」と吹き込む。

「一緒に暮らさないか？」

敦子が小さく息をのむのがわかった。

「そうすればもっと助けてやれるし、力になれる」

「ありがとう」

「俺のマンションに来てもいいし、新しく部屋を借りてもいい。なんなら俺がここに来たっていいんだ。敦子の好きなようにしなさい」

敦子は濃厚な沈黙を挟み、

「ねえ。泊まっていくでしょう?」

秘密めいたささやきに、やはりこの女は最初から誘っていたのだ、と則男はめまいのなかで思った。


則男が渡した二百万で、敦子は介護福祉士の資格を取るため専門学校に通うことになった。その報告を、則男は電話で受けた。

「お仕事中にごめんなさい。布施さんに真っ先に伝えたかったから」

「そうか、がんばりなさい」

ハローワークを出たところで通話を切った。

相変わらず希望に合った仕事が見つからない。五十代の再就職がむずかしいのは承知しているが、それは能無しだからだ。俺に限ってそんなことはない。そこそこの企業の課長職以上でいいのに、なぜ決まらないのだろう。

――ありがとうございます。

心が折れそうになると、敦子の声をよみがえらせた。彼女のやわらかな声は鼓膜に染み込み、温かな吐息とともにいつでも生々しく立ち昇った。

あの夜、則男は勃たなかった。敦子の乳房を揉みしだき、乳首を口にふくみ、秘部に指を差し込んでも、則男の性器はぐったりとしたままだった。貴和子を抱いたときは自分でもたじろぐほど勃起し、熱く激しい波に翻弄されたのに。

「すまん」

あきらめた則男が詫びると、「いいのよ」と返ってきた。

「最近、仕事が忙しいからかな」

「きっとそうよ」

敦子はやさしかった。やさしくされた以上のものを彼女に与えなくては、と則男は自分を奮い立たせた。彼女に頼りにされ、感謝されたかった。「ありがとうございます」と言われ続けたかった。

次に会うときは、入学祝いとして十万円やろう。則男はそう決めていた。

しかし、待ち合わせた蒲田の駅ビルに敦子は現れなかった。

電話はつながらず、メールの返信もない。一時間待ってから、タクシーで彼女が住む団地へと向かった。

インターホンを鳴らしても応答はない。ベランダの窓を確認しようと、則男は建物の裏手にまわった。そこには公園の名残があった。細長い土地に、かつて砂場だったらしい木枠と、黒く変色した亀の遊具が埋もれている。公園の役目を失いどれくらいたつのだろう、ごみが散乱し、背後には夜空よりはるかに暗い送電塔がそびえている。

ベランダ越しの窓に灯りはついていない。ほんの一週間前、あの窓の向こうに則男と敦子はいた。彼女の嬉し涙を目にし、体をまさぐり、喘ぎ声を聞いた。

勃たなかったからか、と思いつき、いや、敦子はそんな女じゃない、とすぐに打ち消す。なにか事情があるのだ。おそらく、急な仕事が入ったとか知り合いが倒れたとか、そんなところだろう。

大丈夫だ、と則男は自分に言い聞かせる。明日になれば連絡があるはずだ。「ごめんなさい」とあやまる彼女に、「気にしなくていい」と余裕で返す自分を想像した。

しかし、腹の底でなにかがくすぶっている。ゆらゆらと立ち昇る黒い煙のような不吉な予感。いまはまだ燃えていないが、やがて大きな炎となり、なにもかもを焼きつくしてしまうのではないか。取り返しのつかないことになるのではないか。

このとりとめもない不安を、則男はかつて味わったことがあった。

あのときだ、と思い出す。

貴和子から、鍵井慎一のことを聞いたとき。その男のせいで幸せが崩れたと、罰が当たったと、貴和子はそんなことを言った。

則男ははっとした。

――罰を与えるために、幸せを与えたのね。

則男の胸に顔を埋め、あのとき貴和子はそう言った。

あの男が貴和子にとっての罰だとしたら、彼女はなにか罪を犯したのだろうか。則男が知らなかった貴和子の罪を、あの男は知っていたのだと確信した。

則男の呼吸が止まる。この瞬間まで、鍵井慎一の存在を忘れていた。

病院の正面玄関は閉まり消灯していたが、二階の窓には灯りがついている。則男は裏口のインターホンを押した。しばらく待っても応答がなく、もう一度押すと、はい、と女の不機嫌な声がした。

「すみません。鍵井さんの知り合いです。開けてください。どうしても会いたいんです」

通話が切れる音がし、まもなくドアが開いた。顔を出したのは何度か見かけた看護師で、勤務が終わったのか白衣ではなく黒いパーカを着ていた。

「すぐに帰りますから、鍵井さんに会わせてください」

「鍵井さんは二か月ほど前に亡くなりましたよ」

予期していたことだが、則男は言葉を失った。

「あなた、鍵井さんが亡くなる直前にお見舞いに来てた方ね。鍵井さん、眠るように亡くなったから安心して」

「なにか言ってませんでしたか？」

「え？」

「山田貴和子という女のことを、あいつから聞いてませんか？」

看護師は困惑の表情になった。

「いいえ。鍵井さん、ずっと意識が戻らなかったから」

「手紙かなにかは残しませんでしたか？」

「病室にはなにもなかったと思うけど。鍵井さん、身寄りがいないから保証人代行の会社の人に引き取られたのよ。でも、安らかなお顔でしたよ」

看護師はそう言い、お疲れさまでした、と軽く頭を下げてからドアを閉めた。

どうしていままで思い至らなかったのだろう。

鍵井慎一はすべて知っていたのではないか。貴和子の罪も、罰も、幸せも。則男の知らない貴和子を丸飲みし、あの男は望みどおり死んでいった。


時間がたつほど、敦子が貴和子の化身だったと思えてならない。

敦子の体を借り、俺を試したのではないか？　今度こそ、彼女の望みを叶えることができるのか、彼女の役に立てるのか、彼女を幸せにできるのか。

敦子が消えたいま、彼女のパート先と専門学校を聞かなかったことが悔やまれる。

則男の日課は、敦子を探すことになった。彼女と出会った下丸子を中心に居酒屋を一軒一軒まわり、団地に行き、介護福祉士コースがある専門学校を訪ねる。

そのうち、自分がなんのために女を探しているのかわからなくなった。助けるためか、感謝してもらうためか、それとも殺すためなのか。

夕方、西新宿にある医療系の専門学校に行った。授業を終えて出てきた学生を捕まえ、「宇賀島敦子を知らないか？」と聞いたが、「知りません」とそっけない答えが返ってくるばかりだった。専門学校を当たるのはこれで三校目だが、ここも外れのようだ。

下丸子に向かうため、新宿から山手線に乗った。タイミングよく空いた場所に腰を下ろそうとし、シートに携帯があるのに気づいた。携帯を拾い上げたときには、すでにドアが閉まっていた。

ふと思いつき、次の代々木で電車を降りた。拾った携帯で、敦子の番号にかける。

「はい」

すぐに聞こえたその声は敦子のようでもあったし、ちがうようにも聞こえた。

「敦子か？」

そう訊ねた声も、自分によく似た他人に感じた。

「誰？」

不安げな声。

「敦子か？　いまどこにいるんだ？　大丈夫なのか？」

数秒の沈黙を挟んで、

「……布施さん？」

と返ってきた。

「そうだ。いったいどうしたんだ？　助けてやるぞ。なんでもしてやる。金だってやる。だから、どこにいるのか教えてくれ」

「だめ。逃げてるの」

せっぱつまった声だった。

「誰から逃げてるんだ？」

「借金の取り立て。怖いの」

「どうしてもっと早く言わなかったんだ。俺がなんとかしてやったのに」

「だって、布施さんにはこれ以上迷惑かけられない」

携帯を耳に押し当て、もう片方の手で短い髪を耳にかけている姿が浮かんだ。

「助けてやりたいんだ」

「ありがとう、布施さん。でも、」

「もう一度言ってくれ」

「なにを？」

「ありがとう、ともう一度言ってくれ」

「……ありがとう」

「殺してやってもいい」

「え？」

「借金取りだ。俺が排除してやる」

ひゅっ、と息を吸い込む音がした。

「いま、品川だな？」

「え？」

敦子の背後で、品川駅の発車メロディがはっきり聞こえた。

「すぐに行くから、そこにいてくれ」

「待って」

敦子は小さく叫び、

「ほんとに殺してくれるの？」

ささやきで聞いてくる。

「ああ」則男は息を深くまで吸い込み、吐き出すと同時に「殺してやる」と答えた。

「じゃあ、私のうちに来て。私もこれから向かう」

「わかった」

「ありがとう。絶対よ」

今度こそ殺す。そう噛みしめながら、則男は団地へと向かった。

最寄り駅で電車を降り、タクシーに乗る。瓦屋根の一軒家が並ぶゆるやかな坂道を下ったところに、敦子が暮らす団地がある。

今度こそ殺す。その言葉が逃げ出さないよう、口のなかでつぶやき続ける。

敦子はまだ着いていないらしい。

則男は建物の裏手にまわった。明るさを失いかけた空に送電塔がそびえ、細長い影を落としている。

ベランダの窓をうかがうと、レースのカーテンの合わせ目から部屋のなかがわずかに見えた。ちゃぶ台と座布団がある。ちゃぶ台に置いてあるのは、あのときのパンフレットだろうか。

——一緒に暮らさないか？

自分の声がよみがえる。

——ありがとう。

敦子はそう答えた。ありがとう、と。それは、敦子も俺と暮らしたがっているという意味だ。しかし、暮らせない。なぜなら、邪魔をするやつがいるからだ。

そう結論づけた瞬間、これから敦子がどうしようとしているのか、すべてわかった。まるで敦子の頭のなかを透かし見ているようだった。

彼女は、借金取りをここへ連れてこようとしている。俺に殺させようとしている。

則男は柵を乗り越え、ベランダに下り立った。

任せておけ、と思う。絶対に見失いはしない。今度こそちゃんとやる。

だから、ありがとうと言ってくれ。

第四章

二〇一〇年七月
パトカー追跡中
電柱に衝突
女性重体

パトカー追跡中電柱に衝突　女性重体

2日午後6時ごろ、千葉市中央区宮崎町の市道で、速度違反のためパトカーに追跡されていた乗用車が道路脇の電柱に衝突した。乗用車を運転していた同市の無職小見山香織さん（36）が頭を強く打ち、病院に運ばれたが意識不明の重体。小見山さんは法定速度を18キロ超えるスピードで走行し、対向車のトラックをよけようとしてハンドル操作を誤ったとみられる。

――千葉新聞　二〇一〇年七月三日朝刊

あの事件覚えてるだろ、と言われた事件を小見山香織は知らなかった。

子供が母親を殺したニュースなど、そこらじゅうにあふれていて、いちいち覚えてなどいない。またか、と思うくらいだ。

二十歳の男が、母親を殺した事件。昨年の十二月だから、ほんの半年前だ。

「そういえば、そんなことあったよね」

数年ぶりに会う元彼をがっかりさせたくなく、香織は話を合わせた。元彼といっても、磯貝路也とは二十年前、高校生のときにちょっとつきあっただけだ。

「なあ。びっくりしたよな。あれ、衝撃的だっただろ？」

声量は抑えていたが、まるで当事者のような口ぶりだ。

「うんうん、衝撃的だった」

香織は相づちを打ち、キャラメルマキアートの泡に口をつけながら、路也が話題にしている事件の断片でも思い出そうとしたが無理だった。

路也とは数分前、このコーヒーショップの注文カウンターで偶然会ったばかりだ。東京の私立中学校で教師をしていたはずの彼に、「なんでこんなところにいるの?」と聞くと、「仕事辞めて帰ってきた」と答えた。彼の実家は、千葉市内でいくつもの学習塾を経営している。家業を継ぐつもりだと路也は言った。そしてすぐにテーブル越しに上半身をのり出し、「なあ、あの事件覚えてるだろ? 十二月にあったじゃん。二十歳の息子が、母親を刺し殺した事件」と切り出したのだった。

「え?」

「あれさ、いまだから言えるけど、俺の教え子」

路也はささやき声に明らかな自慢を含ませた。

だ、か、ら、と路也はもったいをつけた。そういえば高校生のときからこの男はどうでもいいことをこんなふうに大げさにしゃべっていたな、私はこいつのこういうところが嫌いだったんだ、と香織は思い出した。

「母親を殺したの、俺の元教え子なんだよ、中学んときの」

「ほんと?」

路也は深刻そうな表情でうなずく。

「中学一年のときが、俺、副担任で、二年のときが担任だったんだ。だから、俺も警察とかにいろいろ聞かれて大変だったよ」

「それが原因で教師辞めたとか？」

「まさか。そんなわけないじゃん。何年も前の話だぜ」

「ふうん」

「いや、でもさ、ほんとわかんねえわ、子供って。中学んときは普通の子でさ、サッカー部に入ってて、友達もいて、勉強もそこそこできて、ほんと健全な子って感じだったんだよな。でさ、極秘情報教えてやるよ」

路也はさらに体をのり出し、息がかかるほど顔を近づけた。

「なに？」

「継母《ままはは》だったんだよ」

えっ、とあぶくが弾けるような声が出た。

「殺された母親って、父親の後妻だったんだよ。いま考えると、虐待されてたのかもしれないなあ。長年の恨みが爆発したってパターンだったのかも」

それ嫌味で言ってるの？　もし路也が、「おい、こっちこっち」と待ち合わせた人に手を上げるのが二、三秒遅ければ、そう口にした気がする。

「じゃ、香織、またな」

路也はカップを持って立ち上がると、スーツを着た中年男と一緒の席についた。

それ嫌味で言ってるの？　声にならなかった言葉が、異物になってみぞおちに引っかかっている。しかし、嫌味でないことは承知していた。

路也に最後に会ったのは数年前の同窓会で、あのとき香織はまだ結婚していなかった。いまも結婚したことを告げなかったし、薬指のリングに路也が気づいた様子はなかった。

路也は私がまだ独身だと思っている。

その考えは、路也は私が結婚できるわけないと思っている、という思考に一瞬ですり替わった。

路也とつきあったのは高校一年の三か月ほどだった。あのころ香織は、成長期ならではの可能性にすがっていた。実際、中学時代はぶさいくだったのに高校に入った途端、目鼻立ちがすっきりした子や、いびつに見えていたえくぼが魅力になった子、明らかに雰囲気が変わった子が何人もいた。自分もそうなれるのではないかと思っていた。しかし、香織の容姿は望みとは真逆の方向へと変化していった。一重の目は腫れぼったさを増し、目のあいだがさらに狭まり、眉は垂れ、ほうれい線に似たしわができた。致命的だったのは、顔のいたるところににきびができたことだ。香織のにきびは中学から二十代の終わりまで続いた。気がつくと、額や頬から膿や血が流れていることがよくあった。さまざまな化粧品を試したし、皮膚科にもエステにも通ったが、効果はなかった。

十五年以上にもわたる暴力的なにきびは、香織の肌はもちろん心も痛めつけ、後遺症となった。三十代になっても、にきび痕と毛穴が目立つ肌は汚らしく、クレーターとはよく言ったものだ、と鏡を見て自虐的に思ったりもした。十五年のあいだに、香織は多くのことをあきらめた。きれいになること、おしゃれをすること、視線を上げて堂々と歩くこと、恋人をつくること、結婚すること、おどおどすることなく他人と接すること。

香織が結婚したのは三年前、三十三のときだ。伯母が持ってきたはじめての縁談だった。

「あんたさあ、こんなチャンスもう二度とないよ。あんたみたいなのが、この先どうやって生きていくのさ。ありがたく結婚してもらって、養ってもらえばいいじゃないの」

母の言葉は、香織の心情と一致していた。

香織は大学を卒業したものの就職に失敗し、地元の出版社でアルバイトをしていた。十年近く働いているにもかかわらず正社員への登用の話は一度も出ず、給料は手取りで十万円ほどだった。

香織は、縁談の相手である小見山君彦に会う前から結婚を強く希望した。終身雇用が約束された企業に就職する気持ちだった。彼が一年前に妻と死別し、二歳になる娘がいることにも抵抗はなかった。

香織は子供が大嫌いだった。母親になることも出産することも、望んだことは一度もない。どうせ嫌いなのだから、他人の子でも自分の子でも関係ないと思った。


母親殺しは、昨年の十二月十二日に起きていた。〈二十歳　息子　母親　殺す〉をキーワードに携帯で検索すると、いくつかのニュースサイトがヒットした。ほとんどの記事が、母親への恨みが背景にあったとしている。現場は東京都府中市の民家で、包丁のようなもので胸を刺したとある。息子は大学生で、母親を殺した日は彼の二十歳の誕生日だったらしい。匿名報道なのは精神鑑定によるものだろうか。

「自分への誕生日プレゼント、とか？」

香織は声に出してみた。笑い飛ばしたかったが、口角がいびつに上がり、鼻から息が漏れただけだった。

携帯から目を離すと、アンパンマンを映しているテレビの前で女の子座りをし、洗濯物をたたんでいる和花《わか》の後ろ姿に焦点が合った。小さな体で香織から洗濯物を隠すようにして、必死に手を動かしている。はじめて会ったとき二歳だった和花は五歳、来年は小学生になる。

香織は食卓の椅子に座ったまま、和花を眺め続けた。彼女がたたんでいるのは、十分ほど前に香織がたたんだ洗濯物だ。あとでしまおうと思ったのを忘れ、たたみの上に積み上げたままにしていた。

和花がたたんでいるタオルに、和花よりも小さな手が伸びる。その手を避けながら、だめ、と和花がくちびるの動きだけで告げる。しかし、小さな手の持ち主は遊びの一種と捉え、きゃっきゃっと笑いながら、タオルを奪おうとする。

和花が振り返る気配がし、香織は携帯に目を落とした。案の定、和花はそっと振り返り、母親の視線を確認した。母親が気づく前に洗濯物を元通りにたたもうと、泣きそうなほど焦っているのが伝わってくる。

洗濯物をめちゃくちゃにしたのは彼女じゃないのに。

子供なんかわがままで傍若無人でうるさいだけだ。犬や猫のほうが、手がかからない分まだましだ。

結婚は、香織にとっては就職だった。職務内容が家事だけなら最高だったが、こんな自分が最高を望むのは図々しいことだと思った。香織は、子供の世話を仕事のひとつとして受け入れた。当時、小見山君彦は四つ上の三十七だったが、禿げ上がった額は脂っぽく、顔にはいくつもの深いしわが刻まれ、実年齢より十以上老けて見えた。

結婚が決まったとき、利害の一致、と頭に浮かんだ。香織は生活の保障を手に入れ、君彦は家政婦兼ベビーシッターを手に入れる。互いに、相手の容貌には目をつぶる。セックスも職務内容のひとつにすぎなかった。想定外だったのは妊娠したことだ。さらに想定外だったのが、産みたいという欲求がへその奥から湧き出したことだった。その激しい欲求は、いままでの自分を根底から覆すようだった。自分の感情なのに、自分のこととして感じられない。驚き、うろたえ、持て余し、どうしたらいいのかわからなかった。

出産してはじめて知った。子供は大嫌いだが、自分の子供はいとおしいのだ、と。泣きわめく子供の世話をし、かわいがり、大切にすることで自分自身が肯定されるのだ、と。女の子だった。香織は我が子に唯香《ゆいか》と名づけた。

唯香のはしゃぐ声が「きゃっきゃっ」から、「きゃーきゃー」と悲鳴のようにエスカレートしていく。姉から無理やりタオルを奪おうとしたが、阻止されると、たたみ直した洗濯物の上に勢いよくダイブし、笑い声をあげながら両手足をばたつかせた。

和花の手が反射的に動き、唯香の尻をパシッと叩いた。思いがけず力が入ったのだろう、和花の後ろ姿ははっと固まり、二、三秒後、唯香が泣き出した。

香織はゆっくりと立ち上がった。

この瞬間を待っていたのだ。

母親の気配を感じ、和花は背中の神経を剥き出しにする。小さな脳みそを必死に働かせ、振り向いたほうがいいのか、母親になんて言えばいいのか、猛スピードで考えている。緊張と不安で凍りついた小さな後ろ姿。

香織のなかを快感と陶酔が駆け巡る。わずかな罪悪感が混じっているが、無視できる程度だ。

「なにやってるの」

低く這うような声に、自分自身うっとりする。

なぜこんなに気持ちいいのだろう。心が解放され、ほどけていくようだ。

母親の登場に、唯香は泣き声を激しくし、抱っこをせがむ。

「よしよし、かわいそうに」と唯香を抱き上げ、香織は和花を見下ろした。

和花は固まったまま身じろぎしない。畳の一点を見つめている。

「あんた、いま唯香のことぶったでしょ。ママが見てないとでも思った？　ママがいないとき、いつも唯香のことをいじめてるんじゃないの？」

和花はうつむいたまま、首を横に振る。ももの上の両手がぎゅっとこぶしをつくっている。

「なんで唯香のことぶったのよ」

低い声で凄《すご》み、すでに泣きやんでいる唯香の頭を撫でながら、「おお、よしよし。痛かったねえ。かわいそうにねえ」とあまやかな声を出す。

「なんでぶったの、って聞いてるの。早く答えなさいよ」

香織はつま先で和花の足をつついた。

だって、と和花が声を絞り出す。

「だって、なによ」

「唯香が洗濯物ぐちゃぐちゃにしたから」

「あんたのせいでしょう」

予想どおりの返答に、用意していた科白《せりふ》を投げつける。

「ママ、あんたに言ったよね。唯香のことちゃんと見ててね、って。あんた、うん、わかった、って言ったよね。あれ、嘘だったの？　ママに嘘ついたの？」

和花が激しく首を振る。しかし、泣いてはいない。

「あんたが唯香のことちゃんと見てれば、洗濯物はぐちゃぐちゃにならなかったんじゃないの？　ママ、仕事で疲れてるのに一生懸命たたんだんだよ。もう一度、たたまなきゃならないんだね。ああ、疲れた」

「和花がやる」

ようやく母親を見上げた瞳には、勝気さと媚が共存していた。

「けっこうです」

「和花がやるよ」

「あんた、ちゃんとたためないもの。なにをやらせてもだめだもの。あんた、邪魔なの。迷惑なの。どっか行っちゃってほしいくらい」

澄んだ瞳に涙の膜が張り、きらきら輝いている。しかし、和花はまだ泣かない。それが香織を苛立たせる。

「あんた、気持ち悪いんだよね。ぶさいくなんだもん。ああ、見てるだけで吐きそう。やだやだ」

和花は顔を伏せた。ももにのせたこぶしがさっきよりもきつくなっている。それでも涙をこぼさない。なかなか泣かなくなったのは、泣いても事態が好転しないと学んだからだ。

香織は、和花を和室に残して勢いよくふすまを閉めた。

ふすま越しに聞こえるように、「さあ、唯香ちゃーん。ママとおやつ食べながら、こっちの大きいテレビで一緒にアンパンマン観ようねえ。唯香ちゃんもママとふたりきりのほうが楽しいよねえ。あんな嫌なお姉ちゃん、いらないよねえ」と歌うように言う。

最近の和花は、香織がふすまを開けるまで和室から出てこないし、香織が声をかけるまで話しかけてもこない。わずか三か月で、最もダメージの少ない対処法を学習したのだ。恐ろしい、と思う。まだ五歳なのに、この学習能力の高さはなんだろう。この先、どのように成長していくのだろう。

三か月前、夫がバングラデシュ支社に一年間の期限付きで転勤になった。

ここには私と子供しかいない。そうはっきり意識したとき、香織のなかでなにかが決壊した。いままで我慢してきたこと、あきらめてきたこと、気づかないふりをしてきたことが、堅牢だったはずの壁を突き破り、荒々しく流れ込んでくるのを感じた。

和花にむごい仕打ちができる自分に驚き、ずっとそうしたかったことに気づき、いままで堪えていた自分を褒めたくもあった。

私のほうがえらいんだ、と水が流れ落ちるようにわかった。この子より、私のほうが強いんだ。血のつながらない、どうでもいいこんな子になぜいままで気をつかい、遠慮し、機嫌をうかがっていたのだろう。

ここでいちばん立場が上なのは私だ。ヒエラルキーのトップにいる。香織は体が震えるほど興奮した。

「唯香ちゃん、はい、あーんしようねえ。わあ、上手に食べられてえらいねえ。このおやつ、おいしいでしょ」

「ナナ、ナナ」

バナナを握り潰した唯香が声をあげる。

特別なおやつじゃないことがばれてしまったかもしれないが、仕方ない。香織はことさら楽しげな笑い声をあげた。すると、唯香もつられてはしゃぎだす。和室のふすまはぴったりと閉じたままだ。

香織がふすまを開けたのは九時近くだった。

居間の灯りが、畳に横たわる和花をぼんやり照らしている。一瞬、死体に見えた。

「和花」

声をかけたが反応しない。両手足を体に引き寄せ、胎児のように小さくなって眠っている。

香織はしゃがみ込み、五歳の女の子の肩を揺さぶる。

「和花、和花ちゃん。起きて、起きなさい」

目を開けた和花が「あ、ママ」と寝ぼけた声を出す。

「和花ちゃん、ごはん食べなさい。和花ちゃん全然起きないから、ママたち先に食べちゃったよ」

「うん。ごはん食べる」

甘えた声だ。

食卓には、和花の食事がのっている。ハンバーグとブロッコリーとトマト、ごはんとコーンスープ。

「わあ、ハンバーグだ。和花、ママのつくったハンバーグ大好き」

和花は笑顔を向けた。父親が単身赴任する前はそんなこと言わなかったくせに、いまはいちいち大げさに喜んでみせる。

「ママ、すごくおいしいよ」

ハンバーグを頬ばった和花が声をあげる。

「そう。よかったね」

唯香の積み木遊びにつきあいながら、香織はおざなりに返事をする。和花への荒々しい衝動はもう感じないが、消えてなくなったのではなく、満たされてひとときのあいだ眠っているだけだと知っている。明日になれば、いや、明日にならずともささいなきっかけで、すぐに首をもたげるだろう。さらに激しく、さらに理不尽に。

いまはまだ手を上げてはいない。しかし、いずれ衝動に任せてしまうのではないかという恐れが強くある。香織が恐れているのは、夫にばれ、安定した生活を失ってしまうことだ。

先手は打ってある。夫には「パパがいなくなって情緒不安定になった和花」のことを伝えている。二、三日前の電話でも、「最近、唯香への嫉妬がすごいの。ママは唯香ばかりかわいがる、って。私の愛情がたりないのかしら」とため息をついた。「そんなことはないよ。むずかしい年頃なんだよ」となにも知らないし、なにも考えようとしない夫は簡単に結論づけたが、和花の体に傷や痣《あざ》があればさすがに察するだろう。

夫が単身赴任を終えるまであと九か月。早く帰ってきてほしい気持ちと、帰ってきてほしくない気持ち。どちらが大きいのか自分でもわからない。


香織が結婚後も仕事を続けたのは、夫の連れ子を保育園に預けるためだった。

結婚当初はそれまでどおり通勤していたが、いまはアルバイト先からテープ起こしや校正の仕事をもらい、自宅で作業している。収入は多いときでも五万円、少ないときは数千円。それでも「フリーライター」という肩書の名刺をつくった。

午前十時にふたりの子供を預け、夕方四時に迎えに行く。唯香だけ保育園に入れないことも考えたが、自分ひとりの時間がほしかった。いくら自分の子供でも一日中一緒にいるのは耐えられなかった。

やはり私は子供が嫌いなのかもしれない、と何度も考えた。唯香のことはいとおしくてたまらない。しかしそれは、和花という比較対象があるからではないか。和花という邪魔な存在がなければ、唯香のことも大切に感じられなかったのではないか。そう悩んできたが、いまはそんなことどうでもいい。私は、私のしたいようにすればいいのだ。

「ママ。バイバーイ」

保育園の玄関を入ったところで振り返り、和花が笑顔で手を振る。

「バイバイ。いい子にしててね」

香織は手を振り返した。

「和花ちゃんはいつもいい子よね。今日も元気にご挨拶できてえらいね」

若い保育士の言葉に、和花の笑みが照れたものになる。

香織の腕のなかでは唯香が大泣きしている。真っ赤な顔を歪め、鼻水とよだれを流し、破壊音を発し続けている。母親の目を通しても、ぶさいくな猿そっくりだ。唯香がこんなに泣いているのに、自分勝手に笑い、いい子だと褒められる和花に苛立った。

「すみません。車に乗せてから機嫌が悪くなっちゃって」

「唯香ちゃんはどうしたのかなあ。どうして泣いてるのかなあ」

保育士が抱き上げると、唯香は逆上したように手足をばたつかせさらに激しく泣いた。こういうことは珍しくない。だから、唯香はあまり好かれてはいないだろうと香織は思っている。

保育士の横で、和花が泣き叫ぶ妹を見上げている。もう笑ってはおらず、不安そうな顔つきだ。その視線に気づいた保育士が、「心配なの?」と和花に話しかける。和花は黙ってうなずく。

「和花ちゃんはやさしいね。心配してあげていいお姉ちゃんね」

香織の頭がかっと燃えた。人目がなければ、和花の襟首をつかんで外に引きずり出し、頬を、頭を、腹を、衝動のまま殴っていたかもしれない。

「あ、和花ちゃんだ。和花ちゃん、おはよう」

香織の横を女の子が駆けていった。優菜ちゃんという子だ。

香織は優菜ママと儀礼的な挨拶を交わした。入園したころはお茶やランチをしたのに、いつのまにか声がかからなくなったし、メールのやりとりもなくなった。

「タレント事務所に入れないの？」

優菜ママがふいに訊ねる。

「え？」

「和花ちゃんよ。もったいなくない？　キッズモデルとかやらせればいいのに」

「まさか」

香織は笑うことで冗談にしようとしたが、黒いアイラインで縁取られた優菜ママの目が冗談にはしてくれなかった。

いつもなら子供を送り届けたあとは、これからなにをしようか、と解放された気持ちになるのに、噛みしめている奥歯を緩めただけで涙がこぼれそうだった。

香織は車に乗り込み、ドアを閉めた。エンジンをかけてすぐにアクセルを踏む。

こんなとき頭に浮かぶのは母だ。

母には幼いころから、「ぶさいく」と言われ続けた。香織がぶさいくなのは父親似だからしいが、香織は父の顔を知らないし、戸籍上にも父は存在しない。

母は一年前に死んだ。死んでからのほうが恨みと憎しみが強まった。死んだら過去のすべてを赦せると思っていたが、そうではなかった。いまでは、母が存在したことも、死んでしまったことも赦せなかった。

結婚してからは、和花を預けたいときだけ実家に行った。「あんた、よかったじゃん」と、よく母は言った。「儲けもんだよ。あんたがこんなにかわいい子の母親になれるなんてさ」。母も子供嫌いのはずなのに和花のことはかわいがった。それなのに、血のつながった唯香には、「かわいい」と言ったことも、頬ずりをしたことも、抱っこをしたがったことも、一度もない。はじめて唯香を見たとき、母は「あちゃー」と失望と嫌悪が混じった声をあげたきり黙った。

母と最後に会ったのは、唯香だけをつれて実家に行ったときだ。「どうすんのさ。この子、どんどんあんたに似てきちゃったじゃないの」そう言って、うんざりしたようにため息をついた。

香織は、駅前通りの駐車場に車を停め、昨日路也と会ったコーヒーショップに入った。キャラメルマキアートで一時間以上粘ったが、路也は現れない。

携帯で母親殺しを検索する。画面には、昨日見た記事しか表示されない。路也が言ったように、息子は虐待されていたのだろうか。彼は自分がほんとうの子供ではないと知っていたのだろうか。知っていたとすれば、いつ知ったのだろう。誰から教わったのだろう。

香織は路也に〈また会わない？〉とメールを送った。十分もたたずに届いた返信メールには、飲み会の誘いがあった。路也は、高校時代の友人たちと飲み会の約束をしていた。〈よかったら香織も来なよ〉と気安いメールだが、自分がはじめからメンバーに入っていなかったことに香織はショックを受けた。

冷静に考えれば、あたりまえのことだった。高校の同級生とのつきあいはとうに途切れていたし、もともと仲のいい友達はいなかった。同窓会があれば出席するが、その場限りで、日常の交流に発展することはなかった。それは自分がぶさいくだからだと思っていた。母が言うように、ぶさいくな自分と友達になりたくないだろうし、一緒にいたくないだろう、と。

ほんとうにそうだったのだろうか、と思ったのは母が死んでからだった。

飲み会は土曜日だった。

唯香と和花を保育園に預け、香織は電車に乗って隣町にある居酒屋に向かった。早ければ九時、遅くても十時前には迎えに行くつもりだった。飲み会といっても路也のほかに男がふたりだけで、二時間もいれば十分だという気がした。男たちにしても、香織がいないほうが話が弾むだろう。香織の目的は、結婚したと伝えること、母親殺しの詳細を聞くこと、そのふたつだった。

香織が着いたとき、三人はちょうど乾杯をしているところだった。路也が「よお」と片手を上げ、香織は路也の隣に腰かけた。テーブル越しのふたりの男のうち、短髪の眼鏡のほうが同級生だった斉藤で、茶髪のサーファーっぽい男には覚えがなかった。

「久しぶりだね、澄田《すみだ》さん。同窓会以来だから四、五年ぶり？」

タイミングよく斉藤が話しかけてくれた。

「あ、私もう澄田じゃないの。小見山になったの。小見山香織」

「えっ。香織、結婚したの？」

路也は驚きを隠そうともしない。

香織は左手のリングを見せつけながら、「まあね。子供もふたりいるの」と笑った。

「あ、うちも子供ふたり」斉藤は急に父親の顔になった。「男の子？　女の子？」

「ふたりとも女の子」

「あー。うちはふたりとも男。大変だよ」

「うちもダンナが商社マンで、いまバングラデシュに単身赴任してるから大変よ」

できるだけさらりと言うつもりだったのに、「商社マン」につい力が入った。

初対面の男は口を挟まず、退屈そうにしている。おそらく路也と同じく独身なのだろう。

「そんなことよりさあ」

路也が強引に割り込んだ。あのことをしゃべるつもりだろうと察しがつき、香織は素直に引き下がった。

「あの事件、覚えてるだろ？　去年の十二月に息子が母親を殺した事件」

斉藤とサーファーの反応は鈍く、「ええっと、どんなやつだっけ」「なんかそんなことあったような」などと言っている。

「ほら、二十歳の誕生日に息子が母親を刺し殺したやつだよ。東京の府中であったじゃん」

路也は苛立った。

「あったあった。あれな。うん、覚えてるよ」

斉藤が言ったが、ほんとうに記憶にあるのか、それとも香織のように話を合わせているだけか判断できなかった。それでも満足したらしく、

「あれ、俺の教え子」

路也は体をのり出し、香織にした説明を繰り返した。まるで台本を読んでいるかのようにまったく同じで、新しい情報はひとつも盛り込まれていなかった。

虐待されていたのかもしれない、という路也の推察に、「俺もそう思うな」と斉藤が同意した。

「路也、おまえ一応先生やってたんだろ？　中学んとき気づかなかったのかよ」

焼き鳥の串の先端を向けながらサーファーが言う。

「いや、いま思うとさあ」路也は一度言葉を切ると、もったいをつけるようにため息をついてみせた。「家庭訪問に行ったときのことなんだけどさ」

はじめて聞く話に、香織の聴覚が尖った。

「あいつが中二のときだったんだけど……あ、あいつって教え子のことな。あいつ、普通に明るくて、友達もいて、部活もしてて、全然問題なかったんだよ。母親も、地味で控えめな普通のおばちゃんって感じだったしさ。それが家庭訪問のとき、なにかの話の流れで、あいつ冗談っぽくだけど、母親は妹ばかりかわいがる、って言ったんだよ」

「妹がいるんだ？」

「うん、ひとつ下にな。同じ中学に通ってたよ。いま思うとさ、その言葉がＳＯＳだったのかもしれないなって」

「どういうことだ？」

斉藤が気にするのは子供がいるせいだろう。

「あいつだけ虐待されてたのかもしれないな、って。家庭に居場所がなかったんじゃないかな」

数秒の沈黙を挟み、「あーあ」と路也がのけぞった。

「俺、全然フォローできなかったんだなあ。さすがに落ち込むわ」

自省のかけらも感じられないハイテンションだった。

いつ決めたのだろう、と香織は考えた。自分の誕生日に母親を殺すなんて、とっさの行動とは思えない。おそらく彼は計画していたのだ。最初に思いついたのはいつだろう。はじめて虐待されたときだろうか、それとももっと前、血のつながらない母親として自分の前に出現した瞬間だろうか。

「それが妙にエロいんだよなあ」

話題が変わったのだと思い、香織は路也のにやけた横顔に視線を向けた。

「なんでエロいのかわかんないけど、なんかこう漏れ出してくる感じ？」

「なんだよそれ。なにが漏れてくるんだよ」

サーファーが下品に笑う。

「よくわかんないけど、女くさいエキス？　たまにいるだろ、地味なくせに、誘ってんのかよって思わせる女。一緒にいると、むずむずしてくるんだよな」

「だってババアだろ」とサーファーが言い、「それも息子にとってはよくなかったのかもな」と斉藤が言った。それで、まだ母親殺しの話が続いているのだと知った。

「殺された母親ってきれいだったのか？」

「いや。中の下かな」

「でも、エロいのか」

路也は苦笑しながらうなずく。

そういえばさ、とサーファーが話題を変えた。共通の知り合いが会社を起ち上げた話をしている。どうやら香織だけがその人を知らないらしい。

「ごめん。保育園に子供預けてるから、そろそろ行くね」

香織は立ち上がった。引き止められても困るが、形ばかりの引き止めもなく、あっさり送り出されるのもさびしかった。

店を出て携帯を確認すると、着信履歴がいくつも表示されている。保育園、福岡にある夫の実家、バングラデシュにいる夫、知らない番号もある。

心臓がせり上がってくる。鼓動が耳奥を叩く。唾をのみ込もうとしたがうまくできない。

唯香になにかあったにちがいない。手遅れだったらどうしよう。

「ああ、小見山さん。よかった」

聞き覚えのある保育士の声は、香織が予期していたよりも深刻なものではなかった。

「すみません。あの、唯香になにか？」

声が上ずった。

「唯香ちゃん、熱が出ちゃったんですよ。お母さんに連絡がつかないので、お父さんの許可をいただいて、いま病院に連れていったところです。すぐお迎えに来てください」

二時間もたっていないと思っていたのに、すでに十時を過ぎていた。


夫の怒鳴り声をはじめて聞いた。

「なにやってるんだっ」

鼓膜を殴りつけるような声に、香織は一瞬、これはほんとうに夫だろうか、と考えた。夫は無口で感情を表すことはほとんどない。ひとことで言うと、なにを考えているのかわからない人間だ。妻にも子供たちにもあまり関心がないように見えていた。だから、夫の叱咤《しった》は意外だった。

「そっちはもう十一時近くだろ。こんな時間まで子供を預けてなにをやってたんだ。俺が転勤した途端にこれか。キミがそんな人間だとは思わなかったよ」

「ごめんなさい。どうしても抜けられない仕事があって」

「言い訳は聞きたくない」

「でも、熱もだいぶ下がって心配ないから」

「それは保育園の人から聞いたよ。普通は、母親の口から聞くものだけどね。唯香にもしものことがあったら、どう責任を取るつもりなんだ」

香織が保育園に着いたとき、一時は三十九度近かった唯香の熱は三十七度台まで下がっていた。預けたときから微熱があったようだと言われたが、熱っぽさは感じなかったし、咳も鼻水もなかった。

おふくろにも電話を入れるように、と言い残し、夫は一方的に通話を切った。

気が重かったが、時間を置くとますます憂鬱になると思い、これも仕事のひとつ、と久しぶりに自分にそう言い聞かせた。

就寝せずに待っていたのだろう、ひとつめの呼び出し音で姑《しゅうとめ》は電話に出た。

「お義母《かあ》さん、すみません」

香織は神妙な声音を意識した。

「心配させないでよ、もう。で、どうなの、唯香は。ただの風邪って聞いたけど。熱もだいぶ下がったんだって？」

「はい。いまは落ち着いて寝てます」

「香織さん、あんた、こんな時間までなにしてたのよ」

「すみません。仕事が入ってしまって」

「嘘でしょ」

「え？」

「そんなみえみえの嘘つかないでよ」

「ほんとうです」

「あら、あんた聞いてないの？」

苦笑と嫌味が混じった口調に変わった。嫌な予感がし、背中を冷たいものがつたう。

「香織さん、あんた、前に働いていた会社から仕事をもらってるって言ってたよね。保育園の人、会社にも電話したんだって。出版社っていうの？　土曜日なのに遅くまで仕事して忙しいんだね。でも、香織さんとは一か月ほど連絡取ってない、って言ってたらしいよ。あんた、なにしてたの。ああ、いいのいいの、言わなくて。聞きたくないから。ただ、君彦が外国行った途端にこれだもの、あんたにはがっかりしたよ。母親失格じゃないの」

ほかの会社の仕事もしてるんです。そう取り繕おうとしたが、会話を続ける気力が残っていなかった。すみません、とつぶやき、電話を切ろうとした香織を姑の明るい声が引き止めた。

「和花は？」

「え？」

「和花も寝ちゃったの？　和花に代わってちょうだい。久しぶりに声が聞きたいから」

人格が変わったように、うきうきと弾むような声だ。もう寝ていると告げると、まるで香織が楽しみを奪ったとでも言いたげにあからさまに落胆した。

電話を切り、香織は和室に顔を向けた。

唯香が眠るベビーベッドの足もとで、女の子座りした和花が絵本を読んでいる。物語に没頭しているのだろう、母親の電話が終わったことにも、見つめられていることにも気づいていない。こんなに無防備な和花を見るのは久しぶりだった。

和室の入口に立つと、やっと和花は顔を上げた。くりんとした丸い輪郭の目、そのなかに収まったきらきらと輝く瞳、小さな鼻と花びらみたいなくちびる。色の白さが、桃色の頰を際立たせている。まだ意識の半分が絵本のなかにいるようにぼんやりした表情だ。

この女のせいだ、と思った。

この女がいなければ、こんなことにはならなかった。

この女がいるから、唯香が褒められない。この女がいるから、夫に怒鳴られ、姑に嫌味を言われる。この女がいるから、誰も私のことを認めてくれない。

だいたい、この女は誰だ？

香織は、自分を見上げるあどけない顔をいまはじめて見たような気持ちがした。厄災を招く亡霊のようだと思い、ぞくっとした。

「ママ？」

花びらみたいなくちびるから不安げな声が放たれた。

「あんたのせいだよ」

そう告げたら、胸のなかで黒い感情が波立った。

「あんたのばい菌が唯香にうつったんだよ。あんたは汚いから平気だけど、唯香はきれいだから熱が出たんだよ。あんた、ぶさいくで気持ち悪くて汚いの。だってばい菌なんだもん」

和花はくちびるを巻き込み、視線を伏せ、考えるような顔つきになった。やがて、決意したように顔をぱっと上げた。

「和花、ばい菌じゃないよ」

宣言する口調だった。

こめかみでなにかが切れる音がした。香織は右手を振りかざした。和花がはっと息をのみ、目をぎゅっと閉じる。

振り下ろす直前、香織の手は止まった。勢いのまま下ろそうとする力と、そうはさせないと押し留める力が同時に働いた。どのくらい右手が宙に貼りついていただろう。和花がこわごわと目を開け、得体の知れないものを見る顔になった。

香織の右手を止めたのは、明確な殺意だった。

一度でも殴れば、きっと殺してしまう。

この女を殺せば、私は破滅してしまう。

たった五歳の女に人生を握られていることに我慢ならなかった。


次の日の夕方、福岡から姑がやってきた。

香織を「母親失格」と罵った昨晩のことなどなかったかのように、「唯香が心配で来ちゃったよ。香織さんもひとりじゃなにかと大変だろうし」と思いやりを誇示したつもりだろうが、嫌味に聞こえた。

唯香が心配で、と言ったくせに、姑は和花をつれて出かけていった。「香織さんの手をわずらわせたくないから」という理由で、ファミレスで夕食を済ませてくるという。

唯香の熱は三十七度台で行ったり来たりし、大泣きしたり、ぐずったり、癇癪《かんしゃく》を起こしたり、妙にはしゃいだりと落ち着かない。なんとかおかゆを食べさせると、やっと眠った。

香織は冷凍パスタを温めて食べた。微弱な電流が走っているかのように頭のなかがぴりぴりする。もうすぐ八時だ。姑と和花が出かけて三時間近くがたっている。こんな時間までなにをしているのだろう。もし姑が本心から、嫁の自分を気にかけてくれているのなら、和花だけをつれてファミレスに行くことはしないだろう。デリバリーのピザや寿司を頼み、みんなで食卓を囲むのが普通ではないのか。

ほんとうは今日、和花だけ保育園に行かせようと考えた。目障りというのもあったが、それよりも疎外感を与えたかった。

できなかったのは、世間体のためだ。保育園は隣の駅にある。電車にしろ徒歩にしろ、五歳の子供をひとりで行かせては母親である自分が責められる。万が一、事故にでも遭えば、離婚されてしまうかもしれない。かといって送迎しては、疎外感を与えることができず意味がない。

行かせなくてよかった。突然やってきた姑への苦々しさが強くなる。もしひとりで行かせていたらなにを言われたかわからない。出しゃばりな年寄りだ、香織に説教をするだけでなく夫に告げ口をしただろう。

やっぱり血のつながっていない子はどうでもいいんだよ。和花がかわいそうだよ。あれじや和花の母親にはなれないよ。もっと思いやりのある女と結婚すればよかったのに。

まるで実際に聞いたかのような鮮明さで、姑の声が耳奥で渦巻いている。

香織は、頬づえをついた両手で耳をふさいだ。そのまま眼球だけ動かし、壁にかかった時計を見た。八時二十三分。ふたりが出かけたのは五時すぎだ。七十代の女と五歳の女児がいまどこでなにをしているのか、その光景を想像することができない。事故に遭ったのでは、と思いつく。車に轢《ひ》かれた。線路に落ちた。ふたりとも死んだ。そうだったらいいと願ったとき、インターホンが鳴った。

香織ははっと立ち上がり、ベビーベッドの唯香を見た。眠っているのを確認し、安堵した途端、今度は立て続けに二回鳴った。どこかふざけたリズムで、香織をからかっているように聞こえた。いたずらっぽい笑みを浮かべた和花が頭に浮かび、猛烈に腹が立った。

やっと寝かしつけたのに起きてしまうではないか。唯香のことなどどうでもいいのか。

「唯香が起きるでしょっ」

玄関ドアを思い切り開けると、姑の驚いた顔があった。あ、と思うが、どうすることもできない。

「じゃあ、どうすればいいっていうの。鍵がかかってるんだからピンポン押すしかないでしょ」

姑は怒りを露わに吐き捨てる。

「すみません。和花がふざけてるのかと思って」

「あんた、和花にいつもそんなひどい言い方してるの？」

「いえ。まさか」

香織は、姑の背後に目をやった。隠れるように立っている和花は、母親と祖母の険悪な雰囲気を察し、困惑の表情を浮かべている。

「ほら、和花が怯えてるじゃない」振り返って姑が言う。「和花、怖かったね。大丈夫？」

姑を見上げた和花の頬はこわばっている。

「ママ、いつもやさしいよ」

え、と姑が拍子抜けした声を漏らす。

「ママ、和花にいつもやさしいよ。全然怖くないよ」

「ああ、そう。……そう、よかったね」

姑に頭を撫でられながら、和花がちらっと香織に視線を送った。上目づかいの瞳が意味ありげに輝いている。

助け舟を出したつもりか。貸しをつくったつもりか。優位に立ったつもりか。

頭を流れる電流が強くなっていく。神経の一本一本をいたぶるようにじりじりと焦がしていく。

ひとつ思い出した。姑は出かけるとき、「和花に風邪がうつったら困る」という意味のことを言っていなかっただろうか。風邪をひいている唯香より、ひいていない和花を心配しているのだ。

どうしていつも、ないがしろにされるのだろう。

呼ばれた気がして香織は顔を上げた。

姑だった。食卓を挟んだ正面から、香織の顔をのぞき込むように「香織さん、大丈夫？」と言っている。

「あ、はい」

姑が和花を寝かしつけているあいだに、食卓の椅子でうつらうつらしていたらしい。

「和花はもう寝ましたか？」

「ぐっすりよ」

「すみません。あ、お茶淹れますね」

「いらないいらない。この時間に水分摂ると夜中起きちゃうから」

すでに化粧を落とし、小花柄のパジャマに着替えている。

香織は浮かしかけた尻を戻し、居住まいを正した。姑がなにか改まった話をしたがっているのは明らかだった。

和花だ、と思いつく。あいつがしゃべったのだ。父親がいなくなった途端、母親の態度が変わったことを。毎日、「ぶさいく」と言われていることを。邪魔にされ、暴言を吐かれ、虐《しいた》げられていることを。

香織は、夫にしたように予防線を張ることにした。

「和花、大変じゃなかったですか？　君彦さんが単身赴任してから、なんだか急に変わっちゃって。唯香に嫉妬してるみたいなんですよね。ママは唯香のことばかりかわいがる、和花のことをいじめる、って言い出して、どうしたらいいのか悩んでたんです」

姑はなにも言わず、真正面から香織を見据えている。言いたりないのだと香織は再び口を開く。

「君彦さんに相談したら、むずかしい年頃だからしょうがない、って。私の愛情がたりないのかもしれないと思ったんですけど、君彦さんはそんなことはないって言ってくれて。お義母さんはどう思いますか？　和花、なにか言ってませんでしたか？」

数秒の沈黙を挟んだのち、姑は視線を下げ、小さくため息をついた。そうね、とつぶやく。香織に視線を戻し、「そうね」と今度ははっきりと口にした。柔和な顔つきに変わっているのを認め、香織は作戦が成功した手応えを感じた。

「たしかにむずかしい年頃かもね。妹ができたと思ったら、今度はパパがいなくなっちゃって、さびしいし、心細いだろうね。まだ五歳だもの、もっとかまってほしいだろうね。自分だけのけ者にされてると思うこともあるだろうね」

「和花、そんなこと言ってました？」

思わず上半身をのり出していた。

「言ってないけどさ。そう思っても不思議じゃないってこと」

「やっぱり私の愛情がたりないのかもしれません」

香織はうつむき、殊勝な口調を意識した。案の定、姑は「そんなことはないと思うけど」と曖昧にではあるが、否定してくれた。

「わかったよ」

姑はきっぱりと言った。

はい、と香織がさらにか細く答えたのと、いいよ、と姑がさらに力強く言ったのは同時だった。

「しばらく私がいてあげるよ。香織さんも仕事があるから、また昨日みたいなことがあったら大変だからね」

姑がなにを言っているのかすぐには理解できず、「しばらく？」とだけ声にした。

「和花がそんなに情緒不安定だったら放っておけないもの。なんだったら君彦が帰ってくるまで、ここにいてあげてもいいよ」

三日後に姑は帰ったが、用事を済ませて一週間ほどで戻ってくるという。

戻っていつまでいるつもりなのか、聞きたかったが聞けなかった。十年ほど前に伴侶を亡くした姑は、長男一家と二世帯住宅で暮らしている。「私は自由の身だから」と言うのを何度か聞いたくらいだから、その気になれば夫が帰るまでの九か月間はもちろん、その後も居つくことさえできるだろう。

香織は、姑を見送ってから子供たちを保育園に預けた。当てもなく車を走らせながら、姑がいたのは丸三日間だけだという事実に思い当たり愕然とした。

たった三日。まるで両手両足を縛られ、さるぐつわをかまされていたような日々だった。衝動を抑えつけることが、こんなにも苦痛と苛立ちを伴うなんて。和花に投げつけられなかった言葉は、香織の内で強烈な腐敗臭を発しながらぼこぼこと発酵している。

昨日の光景が立ち昇る。

姑と和花がソファで声を出して絵本を読んでいた。絵本は姑が買い与えたものだった。香織は唯香と一緒にアンパンマンのＤＶＤを観ていたが、姑が狼の役で、和花が山羊の役なのはわかった。姑が大げさな声を出し、和花がかん高い笑い声をあげた。心底から楽しんでいる様子が癇に障り、香織は思わず振り向いた。姑に寄りかかっている和花は、内側から輝くような笑顔だった。無垢な瞳も桃色の頬も小さな歯も、まるで祝福されているようにまばゆかった。

タレント事務所に入れないの？　ふいによみがえった優菜ママの言葉が、たくさんの人の声を連れてきた。「かわいい」それが和花へのいちばん多い言葉だった。保育園はもちろん、スーパーやクリーニング店で、公園やデパートで、通りすがりの人によく声をかけられた。母までもが香織に、よかったじゃん、と言った。あんたがこんなにかわいい子の母親になれるなんてさ、と。

和花の母親はどんな女だったのだろう。

結婚して三年がたつが、いままで一度も前妻のことを真剣に考えたことはなかった。香織にとって夫は生活の手段でしかなかった。夫の気持ちや前妻との暮らしを想像したことはなかったし、嫉妬心を抱いたこともない。死んだ女のことなんてどうでもよかった。

前妻は美しい女だったのだ、とはじめて思い至った。いままでなぜ考えつかなかったのか、自分の鈍さに涙が出そうになった。

荒ぶる感情に任せアクセルを強く踏み込んだら、対向車が激しいクラクションを鳴らしながら目の前を曲がっていった。赤信号に気づいたのは、急ブレーキを踏んだあとだった。香織はフロントガラス越しに、横断歩道を渡るひとりひとりの顔を見ていった。高齢の男女、中年の女、女子高生。どの顔も香織の期待を裏切り、醜いとはいえない。

信号が青に変わり、車を発進させたときには保育園に戻るつもりになっていた。

いますぐ和花を連れ帰ろう。三日間我慢してきた言葉を吐き出したい。怯え、傷つくさまを目に焼きつけたい。

携帯の着信音が鳴った。唯香の熱がぶり返したのかもしれないと思い、香織はタイミングのよさにほくそ笑んだ。路肩に停車し、助手席の携帯を拾い上げた。保育園からではなく、路也からだった。

「俺俺、磯貝。いま、ちょっと話していい？」

「うん。なに？」

「あのさ、香織の子供、五歳だって言ってたよな」

「一歳三か月の子もいるけど」

抗議する口調になったが、路也はあっさり聞き流す。

「来年、小学生？」

「そうだけど」

「俺、まだリーフレット渡してなかったよな。うち、小学一年生からの教室も最近はじめたんだけどさ、それが画期的な学習プログラムで、読み書きとか暗算とかそういう単純作業じゃなく、思考力そのものを伸ばすことに重点を置いてるんだよ」

「へえ、興味あるな。ママ友とも、最近そういう話けっこうしてるの」

ママ友などいまはひとりもいないがそう言った。

「じゃあ、まとめてリーフレット預けてもいいかな。ママ友に渡してくれると助かるんだけど」

一時間後にコーヒーショップで待ち合わせることにして通話を切った。路肩に車を停めたまま、香織は携帯でネット検索をした。

「やっぱりだめだ」

ひとりごとが漏れた。

どんなにキーワードを変えても、路也の元教え子の画像も、殺された母親の画像もヒットしないのだった。事件から半年のあいだに削除されたのか、それとも路也が言うほど世間の関心を集めなかったせいか。

約束の時間よりかなり早く着いたが、路也は五分ほどで現れた。「あれ、早いな。ごめんごめん、待たせちゃった？」と、下心があるせいか珍しく低姿勢だった。

路也はさっそくリーフレットを広げて説明をはじめたが、香織の耳をかすめもせずに流れていった。まったく聞いていないのに、「へえ」「すごいね」「よさそう」と相づちが勝手に口をついた。リーフレットを二十枚ほど受け取ってから、香織は聞きたかったことを口にした。

「ところで、元教え子ってどんな子だったの？」

きょとんとする路也に、「ほら、母親を殺した子」と補足した。

「ああ。前に言ったけど、俺が担任だったころは普通の中学生だったよ」

「顔は？」

「顔？」

「その子の顔。ぶさいくだった？　それともかっこよかった？」

「かっこいいほうだろうな。整った顔してたよ」

「殺された母親は地味なおばさんだったんでしょ？」

「妙なエロさはあったけどな」

路也は薄く笑う。

「似てた？　その子と母親」

「似てるわけないじゃん。血つながってないんだから」

「ちょっと調べたんだけど、その子の名前、報道されてないよね。二十歳なのにどうして？」

「ああ。事件起こしたのは、日付が変わる数分前だったらしいよ。ぎりぎり未成年だったからじゃない？」

やはり計画的だったのだ。彼は子供のときから母親を殺そうと決めていた。そして二十歳になる直前に決行したにちがいない。

「その子の写真とか名前、ネットに出まわらなかったの？」

「あの事件あったじゃん」苦々しげに言うと、路也は顔をしかめた。「高一の男子が小学生を殺して、死体バラバラにしたやつ」

その事件なら香織にも覚えがあった。一時、ワイドショーがその事件一色になったし、「うちも気をつけなきゃね」と夫と言い合った記憶がある。

「あれに持ってかれたんだよ。俺の教え子が母親殺したのって、バラバラ事件の犯人が高校生だってわかった次の日だったから。大衆はわかりやすいセンセーショナルなニュースが好きだからな。でも俺としては、息子が継母を殺すってほうがよっぽどセンセーショナルだと思うけどな」

路也の小鼻が自己主張するように膨らんだ。

「だよね。私もそう思う」

「やっぱり？　さすが母親だな。でもさ、中学んときは問題あるようには見えなかったんだよ。サインを見逃してたのかもしれないなあ。実際のところ、なんであんなことしたんだろうなあ」

バカだ、と香織は心のなかでつぶやいた。

単純なことだ。ほんとうの母親じゃないから、ほんとうの子供じゃないから、だから殺したのだ。そんなことも理解できない路也は教師に向いていない。辞めて正解だ。

「ほんとうの母親じゃない」。それは、結婚以来ずっと宙に浮いている言葉だ。

いつか和花は、香織がほんとうの母親ではないことを知る。それをいつ、どのように知らせるのかは懸案事項だった。ただ問題にしているのは夫と姑だけで、香織にとってはどうでもいいことだった。

香織はレトルトカレーを鍋からつまみ上げた。指で封を切り、ごはんの上にかける。それだけの行為が面倒でたまらず、なぜ自分があの女の世話をしなければならないのか苛立った。食事をつくり、洗濯をし、保育園への送迎をし、病気や怪我をしないよう気を配る。まるで奴隷ではないか。和花にもしものことがあれば、責められるのは母親である自分だ。血がつながっていないから、なおさら過大な責任を求められるのだ。

カレーライスとスプーンを食卓に置き、香織は玄関横のドアを開けた。マンションの共同廊下に面した四畳半には、熱気と湿気がこもっている。たんすを置いているだけで使っていなかったが、いまは和花の隔離部屋となっている。

「めし」

短く言い捨て、背中を向けた。背後で和花が立ち上がる気配がしたが、振り払うように早足で居間に戻った。

「わーい。カレーライスだ。和花、カレーライス大好き」

わざとらしい明るい声に続いて、椅子を引く音と腰かける衣擦れがした。

録画しておいた子供向け番組を観ていた唯香が、「ねーね、ねーね」と和花のほうに行こうとする。

「どうしたの、唯香。ねえねのところに来たいの？」

妹をかわいがると母親の機嫌がよくなると知っていて、和花はやさしい声を出す。いやらしい子だ。計算高くて油断ならない。誰に似たのだろう。きっと、ほんとうの母親もこんなふうに世間を舐め切り、甘い汁を吸いながら要領よく生きていたのだろう。

「唯香ちゃん、アンパンマン観ようか。ママ、唯香ちゃんのために新しいの買ってあげたんだよ。ほら」

ＤＶＤのパッケージを見せると、唯香の興味はあっさりと移った。

「ママ、カレーライスおいしいよ」背後で和花が言う。「ママのごはん、いつもおいしいね。あーおいしいなあ」

姑が帰った日から、和花とはほとんど口をきいていない。家にいるときは、玄関横の部屋に追い払い、夜はひとりで寝かせている。あからさまに罵るより、存在を無視したほうが和花にとってダメージが大きいことに気づいたのだ。母親の暴言に驚き、傷つきながらも、耐え、学習し、対処法を見つけた彼女だったが、無視されることは受け入れられないらしい。なんとか口をきいてもらおうと、必死に抗い続けている。

そのいじましくも哀れな姿に、香織の自尊心は満たされた。

「ママ、和花もう全部食べたよ。お皿こんなにきれいだよ。ほら、見て」

皿を掲げているさまが想像できたが、もちろん振り返らず、「ほら、アンパンマン来たよ」とテレビを指さしながら唯香に話しかけた。しかし、保育園でお昼寝をしなかったらしい唯香はうつらうつらしている。唯香を抱き上げ、居間とひと続きになった和室へと運んだ。

「ママ、唯香寝ちゃったの？」

無視すると、

「唯香、疲れてるのかなあ。保育園でも今日いっぱい泣いてたよ。せっかくママがアンパンマンの新しいDVD買ってあげたのにね」

後ろからついてきた。

「うるさいっ」

口をついたが、顔を向けることはしなかった。

唯香を寝かしつけ居間に戻ると、和花はアンパンマンを流すテレビの前に居心地悪そうに立っていた。

「あー。疲れた」

香織のひとりごとに、「ママ、疲れたの？ 大丈夫？ 肩たたきしてあげようか？」と飛びつくように反応する。無視したくてわざと声を放ったことに気づかない。バカな子供。

「ねえ、ママ。どうして口きいてくれないの？」

和花の声音が変わった。

「和花、なにか悪いことしたの？ 和花が悪い子ならあやまるから。悪いところ直すから。だからママ、お願い」

情けない声に、つい振り返ってしまった。

香織の期待どおり和花は泣いていた。涙があふれる目を、両手で必死にぬぐっている。母親がやっと自分を見てくれたことに安堵したのだろうか、肩を震わせしゃくりあげはじめた。

快感と高揚感に、腹の底がじんと痺れた。ああ、なんて気持ちがいいんだろう、とはっきり言葉で感じられた。ざわめく皮膚は、砂糖菓子が溶けるようだ。こんなにも恍惚としているのに、もっと強い刺激が欲しくてたまらない。絶頂まであと少し。そこには、完璧な万能感と多幸感が待っているのだ。

右の指先がぴくりと動いた。少しだけ、と思う。そう思った途端、和花のこめかみに右手を振り下ろしていた。パンッと弾けるような音がした。和花の体が勢いよく吹っ飛び、床に転がる。立たせようと腕をつかんだら、別の衝動に駆られ、思い切りつねった。「いたっ」と悲鳴のような声が、香織の鼓膜に甘美に響いた。

体のなかを熱い砂のようなものが、さーっと音をたてて流れていく。

恐怖にひきつった顔。床に這いつくばる小さな体。本気を出せば簡単に折ることができる細い手足、頼りない首。

意のままにできる存在が、目の前にいる。

髪の毛をつかんで、無理やり立たせた。「痛い、痛いよ」と両手で頭をかばいながら、和花が泣き叫ぶ。涙と鼻水で顔はぐしょぐしょになっている。汚い、と思う。ぶさいくだ、と思う。見苦しい。気持ち悪い。邪魔だ。いらない。

やわらかな頰をわしづかみにする。爪を立てる。かん高い悲鳴に、一瞬意識が飛び、気がつくと壁に叩きつけていた。崩れ落ちた体めがけて反射的に蹴りを入れる。ぐっ、と奇妙な声をあげ、和花は床にうずくまった。えずくように、えっ、えっ、えっ、と息を吐き出しながら、そのあいだで繰り返しつぶやいている。ごめんなさい、ごめんなさい、ママごめんなさい、ごめんなさい。

香織は一歩踏み出した。静まらない高揚感が血をたぎらせている。殺すかもしれない、と思った。殺したらどうしよう、と思い、殺してもいい、と思った。インターホンの音で我に返ったが、現状を理解するまで数秒かかった。

また鳴った。姑か、と一瞬思うが、すでに九時を過ぎているし、彼女が来るのは二日後のはずだ。モニタを見ると、階下に住む初老の夫婦だった。

「すみません。夜遅くにうるさくしちゃって」

ドアを開けながら、香織は苦情を言われる前にあやまった。

「いや。さっきからドタンバタンってすごい音がしてるからどうしたのかなと思って」

夫のほうが言う。

「お子さん、なにかあったの？」

香織の背後に視線を延ばしながら妻が続けた。

香織は困った表情をつくって片手を頬に当てた。

「アンパンマンのDVDのことで、子供たちがけんかしちゃって。ふたりとも女の子なのに、ほんと困っちゃいます。特に上の子が、五歳なんですけど、最近乱暴で手に負えなくて。いま厳しく叱ったところですから」

虐待を疑われないよう何度も深く頭を下げた。

居間に戻ると、和花はまだ床にうずくまっていた。泣きじゃくってもいないし、えずいてもいない。膝を折り、両手で頭を抱えて石のように固まっている。

香織は台所に行った。ほっとした気持ちと水を差された気持ちが絡まり合い、落ち着かなかった。食器を洗おうとスポンジに手を伸ばしかけたとき、「ママ」と背後から呼ばれた。振り向かずに、スポンジに洗剤を垂らして泡立てた。「ママ」と今度は左横から声がした。台所の入口に立っている和花が、視界のすみに映っている。

「誰にも言わないから」

ささやくような声に、「え？」と思わず顔を向けた。

まだらに赤らんだ顔には涙と鼻水の跡があり、頬には爪痕がついている。完全に弱者の、敗者の顔だ。それなのに瞳に強い意志を宿し、堂々と香織を見上げている。

「いまのこと、絶対に誰にも言わないから。保育園の先生にも、お祖母《ばあ》ちゃんにも、絶対に言わないから」

香織は戦慄《せんりつ》した。

この女は、私の意のままになるのではない。逆だ。私が、この女の意のままにならなければならないのだ。この女がいる限り、私は自由になれない。脅され、怯え、犠牲になり続ける。

殺してしまえばよかった。

知らず知らずのうちに手を握りしめていることに香織は気づいた。手のなかには、ひとつの言葉がある。「ほんとうの母親じゃない」。いま、その言葉を自由にできるのは自分だけだ。

香織はゆっくりと手をほどく。自然と笑みが昇った。

「私はあんたのママじゃない」

和花はきょとんとした顔だ。

「あのね、和花。私はあんたのママじゃないの。わかる？」

腰をかがめ、和花をのぞき込んで続ける。

「あんたのほんとうのママは、とっくに死んじゃったの。あんたにはママがいないの」

「……ママ、いるもん」

「ううん、いないの。私の子供は唯香だけなの。あんたは私の子供じゃないの」

「ちがうもん」

「ちがわないの。私はあんたのママなんかじゃない」

和花は呆然と母親を見つめている。

高笑いが止まらない。笑いながら、香織は考えた。和花は信じただろうか。大きくなっても、この夜のことを覚えているだろうか。

たぶん、信じたし、覚えているだろう。

いま、彼女のなかで母親への憎しみのスイッチが入った。しかし、しばらくは気づかずに、自らの内に憎しみを溜めていくのだろう。

憎しみに気づくのはいつだろう。憎しみがあふれ出すのはいつだろう。

彼女はいつか母親を殺す。

このままではこの女に破滅させられてしまう。

鍵穴にそっと差し込んだ鍵を慎重にまわす。

カチッと音がしたが、おそらく姑は居間か和室だ、聞こえていないだろう。

足音をたてないように廊下を進む。居間からテレビの音が漏れているが、話し声や物音はしない。香織のもくろみどおり、姑は寝ているらしい。

姑が再びやってきたのは、今日の午後だった。香織は唯香だけを保育園に預け、和花とふたりで羽田空港まで迎えに行った。和花は自分が選ばれたことに舞い上がった。瞳はうるみ、頬は上気し、足どりは跳ねるようだった。和花は、後部座席からひっきりなしに話しかけてきた。「ママ、あのね、和花ね、もうお姉ちゃんだからおうちのこといろいろ手伝うからね」「ねえ、ママ、お祖母ちゃんはいつまでいるの？」「ママ、昨日、優菜ちゃんから今度一緒に花火しようねって言われたの」。香織はそのひとつひとつに返事をした。「へえ、そう」「いつまでだろうね」「へえ、そう」。そっけなかったが、ルームミラーに映る和花は嬉しそうだった。

空港からの帰り、三人でデパートとスーパーに寄った。特に必要な物はなかったが、姑を疲れさせるためだった。マンションに着いたのは五時すぎで、デパートで買ったケーキを三人で食べた。唯香を迎えに行く、と香織がマンションを出たのはいまから三十分前のことだ。

こんなにうまくいくことがあるのだろうか。期待以上の光景に、うなじにぞくっと震えが走った。

姑は、和室で寝ている。疲れたら休んでくださいね、と出がけに布団を敷いておいたのが功を奏したのだろう。化粧も落とさず、洋服のままだ。香織の言葉どおり、「疲れたからちょっと休む」程度の気持ちで横になり、そのまま熟睡してしまったらしい。

和花は、居間のソファに横たわっている。傍らには絵本が開いたまま置いてある。祖母に出したハーブティと、和花のココアに、睡眠導入剤を混ぜておいたのだ。寝つきの悪かった母が長いあいだ処方されていたものだ。結婚前、香織もたまにもらって飲んだが、それほど効いた覚えはない。だから期待していなかったのだ。それなのにふたりは眠りこけている。

香織は意識して笑みをつくった。そうしないと恐怖や不安が足もとから這い上がってきそうだった。

眠っている和花を抱き、想像以上の重さにたじろぐ。

「……ママ」

寝言のような声がしたが、それきり子供らしい無防備な寝息が聞こえるだけだ。

和花を抱いたまま階段で駐車場まで下りた。防犯カメラの位置は確認済みだ。車のトランクを開け、和花を横たえたが目を覚まさない。

――ママ。

さっきの寝言のような声が耳奥を流れた。

ママ。それが和花の最期の言葉になるのだろうか。

私はママなんかじゃないのに。そう思い、香織はまた意識して笑みを昇らせた。

――私はあんたのママじゃない。

和花は、そんな言葉などなかったかのようにふるまっていた。そうすることで記憶を消すことができると、現実を変えることができると、幼いなりに考えたのかもしれない。しかし、憎しみのスイッチはまちがいなく入った。それは、彼女自身より香織のほうがはっきりと感じられたことだった。

ロープで両手両足を急いで縛る。和花は軽く身じろぎしたが、目を開けない。ガムテープで口をふさいだとき、びくっとし、目を開けた。瞳が小さく揺らぎ、その視線が香織を捉えようとした瞬間、勢いよくトランクを閉めた。

運転席に乗り込み、少しのあいだ様子をうかがったが、物音も震動も感じられなかった。エンジンをかけ、発進する。房総半島を流れる養老川では、香織の知っている限り三人が水死している。小学生がふたり、昨年は三十代の男が亡くなっている。

六時を過ぎたばかりだ。夜の気配はまだ感じられず、建ち並ぶビルも行き交う車も陽射しのベールをまとっている。帰宅ラッシュのせいで幹線道路は車で埋まっている。交差点ごとに停まり、動き出しても三十キロも出せない。

香織は幹線道路をはずれた。遠まわりでも市道のほうが早く着きそうだ。

急がなければ、とアクセルを踏み込む。姑はいつ目覚めるだろう。起きたらまず、和花を呼ぶはずだ。しかし、返事がない。部屋を探すがどこにもいない。やがて玄関の鍵が開いていることに気づくだろう。外に遊びに行ったのか、と思いつつも不安は膨張していく。ひとりでどこに行ったのだろう、なにをしに行ったのだろう、なにか変だ、と。

香織はマンションを出るとき、姑に念を押した。「和花を見てもらっても大丈夫ですか？」と。「なんなら和花も連れていきますけど」と。祖母は、大丈夫、と答え、「ふたりで待ってるから行っておいで。ねえ、和花。お祖母ちゃんと一緒にいようね」と和花に笑いかけた。

和花にもしものことがあればすべて姑のせいだ。姑が眠ったから、和花から目を離したから、大丈夫だと安請け合いしたから、だから和花はあんなことになったのだ。

背中に悪寒が走る。体中の筋肉が硬直する。呼吸の仕方を一瞬忘れた。

まだなにも起こっていないのに、すべてが終わった気がする。向かっているのに、逃げている気がする。川へと落ちていく和花の顔を、つい数分前に見た気がする。

頭のなかの和花は目を見開いている。その目は驚きから絶望へ、絶望から悲しみへ、そしてあきらめへと瞬きながら変化していく。瞳の真ん中には鬼の形相をした女が映っている。目と口がつり上がり、笑っているのか叫んでいるのかわからないおぞましい顔。

これが自分なのか、と香織は驚愕した。

その瞬間、落下していく和花が自分にすり替わった。

驚き、絶望、悲しみ、あきらめ。落ちていく自分の瞳に誰かが映っている。母だ。母が鬼の形相で自分を見つめている。

威嚇《いかく》するような音にはっとした。サイレンの音と赤色灯、スピーカーからのがなり声が背後から迫ってくる。

逃げなくては、と反射的に思う。捕まったら、真っ逆さまに落ちてしまう。

香織はアクセルを踏み込んだ。

車体が大きく流れ、激しいクラクションにのみ込まれた。

目の前に、巨大な銀色の物体がある。猛スピードでこちらに向かってくる。無意識のうちにハンドルを切った。

激しい衝撃と閃光《せんこう》。体が裏返り、魂が抜けていった。

第五章

二〇〇九年十二月

母親に強い恨みか
殺人容疑で
長男逮捕

母親に強い恨みか　殺人容疑で長男逮捕

12日未明「自宅で母親を殺した」と110番通報があり、府中署署員が駆けつけたところ、宮西町の民家で住人の会社員女性（50）が死亡しているのが発見された。現場にいた大学生の長男（20）を殺人容疑で逮捕した。捜査関係者によると、長男は「20歳の誕生日（12日）に母親を刺して殺した」と供述しているという。母親に対する恨みがあったとして、詳しい動機や経緯を調べている。

――毎朝新聞　二〇〇九年十二月十三日朝刊

キリンとゾウ、どっちがいい？　電話して聞きたい衝動を山田美亜はぐっとのみ込み、キリンのマグカップを手に取った。するとゾウのほうがよく思え、もう片方の手に持つ。

右手にキリン、左手にゾウ。黄色のほうが明るくてかわいいが、やさしげにほほえむゾウのほうが衛のイメージだ。自分の分はすでにかごに入っている。ピンクのウサギ。ひとめで気に入った。

どっちがいいかな。美亜は視線を左右に何度も往復させる。見比べるほど決められなくなっていく。こんなとき、電話もメールもできないことがもどかしくてたまらない。もし同世代の男とつきあっていたら迷うことなく連絡し、キリンとゾウ、どっちがいい？　と聞くだろう。しかし、馬場衛とはひとまわり以上離れている。仕事を持つ三十二歳の男の日常は、高校を卒業したばかりの美亜にとってリアリティを持って想像できない。たとえ想像できたとしても、美亜から連絡することはできない。衛にそう言われているからだ。

――悪いけど、電話もメールもしないでほしいんだ。

そう言われてもあやしいとは思わなかった。彼に一緒に暮らしている女がいることも、彼女と当分別れるつもりはないことも、はじめから知らされていた。

美亜はかごからウサギのマグカップを取り、キリンと並べた。次にゾウと並べ、うん、と思う。ふたつ並べると、ウサギとゾウのペアのほうがしっくりくるし、ピンクと水色という組み合わせが恋人っぽくてすごくいい。

ふたつのマグカップをかごに入れ、和食器のコーナーに向かう。あとは、とりあえず茶碗と箸を色違いで揃えたい。

赤いドット柄の茶碗に手を伸ばしたとき着信音に気づき、慌ててバッグから携帯を出した。どうか衛からでありますように、と念じながら画面を見たが、母からだ。どうしようか迷い、放っておくことにした。

目的の食器類と、ポリ袋や台所スポンジなどの日用品を買うと、大きなレジ袋いっぱいになった。百円ショップを出たところで、再び着信音が鳴った。表示されている〈お母さん〉の文字を一、二秒見つめてから、携帯をバッグに放り込むと、商店街のざわめきが着信音を消してくれた。

美亜が暮らすアパートは、新高円寺駅から歩いて十分の場所にある。築二十年の木造二階建ての一階で、八畳のワンルームに二畳のロフトがついている。二日前に実家から越してきたばかりだ。

歩きながら鍵を取り出したところで足が止まる。

美亜の部屋の前に、母が立っている。外廊下の頼りない灯りでも、見慣れた後ろ姿がはっきり見て取れた。いつからいるのだろう。さっきの電話も、部屋の前で美亜の帰りを待ちながらかけてきたのだろうか。

母が携帯を取り出すのが見え、美亜は慌てて携帯をマナーモードにした。案の定、すぐに着信が入る。

お母さん、と声をかけ、駆け寄ればいいのはわかっていた。そうすれば母は振り向き、ぱっと笑うだろう。ごめんね、買い物に行ってたの、と言えば、お母さんこそいきなり来ちゃってごめんね、と返ってくるだろう。それが自然な流れだし、母も美亜も嫌な思いをしなくて済む。

頭ではわかっている。しかし、母を部屋に上げるわけにはいかない。これから衛が来るのだ。いや、たとえ衛が来なくても、部屋に上げれば母は台所や風呂を掃除し、段ボールを開け、荷物を取り出し片づけてくれるだろう。夕食の仕度をしてくれるかもしれないし、一緒に食べていくかもしれないし、そのまま泊まっていこうとするかもしれない。

部屋のあちこちに母の存在が手垢のようにべたべたつくのは嫌だった。そんなことになれば、ひとり暮らしをはじめた意味がない。

途方に暮れたような後ろ姿から目をそむけ、美亜は来た道を急ぎ足で戻った。

商店街のファストフード店で時間を潰してアパートに戻ると、ドアの前に母の姿はなく、代わりに紙袋が置いてあった。部屋に入って紙袋のなかを確認すると、保冷剤を貼りつけたタッパーと、チョコレート菓子とクッキーが入っていた。ぱっと見ただけでタッパーの中身は、カレーとミートソースと里芋の煮物と鶏の唐揚げだとわかった。どれも美亜の大好物だ。

ドアの前に立ち尽くす後ろ姿を思い出し、後ろめたさと腹立たしさ、あやまりたい気持ちと物を投げつけたい気持ちがこみ上げる。

床に置いた携帯が震え、また母かと緊張すると、待ちわびている人からだった。

「部屋、片づいた？」

衛の声は、つい一時間前に別れたような気安さだ。

「うん。だいたい片づいた」

「これから行ってもいい？　いま新宿なんだ」

「じゃあ、駅まで迎えに行くね」

「うん、じゃあ」と通話を切ろうとした衛を、「あ、ちょっと待って」と引き止めた。

「なに？　電車が来たからもう切るよ」

「ねえ。衛はキリンとゾウ、どっちが好き？　マグカップ、」

「キリン」

衛が即答したところで通話が切れた。

そうか、衛はゾウよりキリンが好きなのか。ゾウを買ったことの後悔よりも、またひとつ彼について知った嬉しさのほうが大きかった。

衛とは、二か月前に出会ったばかりだ。

夜のファストフード店だった。声をかけてきたのは衛からだった。「あれ？　さっきの子だよね」と言われても、なんのことかわからなかった。「ほら、あそこ」と彼は窓を指さした。道路を挟んだ向こうに、美亜がアルバイトをする和食レストランがあった。

「さっき、みそ汁こぼした客でーす」

片手を後頭部につけ、彼はおどけた。それで思い出し、「ああ」と美亜は頬を緩めた。

「待ち合わせ？」と聞かれ、首を横に振った。「ひとりでなにしているの？」と聞かれ、首をかしげた。ただ家に帰りたくなかっただけだが、見ず知らずの人に告げるのはためらわれ、ごまかすために「おじさんは？」と聞き返した。

「おじさん」とつぶやいたきり衛は絶句し、しばらくして、「まじですかあ」と吐き出した。

そのいかにも傷心したといったそぶりがおかしく、美亜は噴き出した。父が死んでからこんなふうに笑うのははじめてだ、と思ったそのとき、道路の向こう側をせかせか歩く人影に気づいた。母だった。母は和食レストランの裏口で立ち止まった。帰りが遅く、電話にも出ない娘を心配して迎えに来たのだと、考えるまでもなくわかった。表情までは見えなかったが、何度も携帯を耳に当て、きょろきょろとあたりを見まわす落ち着きのなさから母の心情が伝わってきた。

それなのに美亜は笑っていた。透明な窓ガラスを隔てた明るい場所で、暗い場所にいる母を見下ろしながら。いま、私とお母さんは別々の世界にいる――はっきり感じられた。母の心配や不安が届かない場所で笑っていられることが、そのときの美亜には奇跡のように思えた。

「家に帰りたくなくて」

ぽろりとこぼすと、「帰らなきゃいいよ」と彼はあっさり答え、「俺も帰りたくないもん」といたずらっぽく笑った。

衛は、美亜がひとり暮らしをはじめたきっかけが自分にあるとは思っていない。「実家を出ることにしたの」と告げたとき、「へえ。いいね」と答え、「これからはもっとたくさん会えるね」と笑った。その軽いノリのまま、衛は家を出ないの？　と聞いてしまいたくなったが、まだ早いと自重した。

でも、もう聞いてもいいのではないか。こうやって実家を出てひとり暮らしをはじめたいまなら、衛が「パートナー」と呼ぶ女といつ別れるのか、聞く権利があるのではないか。

「おじゃましまーす」

すぐ背後からの声に、どきっとする。

「うん、どうぞ。まだ散らかってるけど」

冷静を装って答えたが、鼓動が速い。

男の人を部屋に上げるのははじめてだ。部屋に上げたあと、なにをすればいいのかわからない。飲み物を出せばいいのか、手を洗うよう促せばいいのか、座る場所を指定したほうがいいのか。

美亜の焦りに気づかず、衛はさっさとジャケットを脱ぎ、「ごめん、これハンガーにかけてもらってもいい？　しわになる素材なんだ」と言った。上着のことなど気にもかけなかった自分が情けなくなる。

「あ、うん。ごめん」

慌てて上着を受け取る。

「トイレどこかな。あっち？」

「あ、うん。玄関の横」

狭い場所にふたりでいると、衛のにおいが濃く感じられる。彼の体が放つ脂っぽさとひなたのにおい、ジャケットには埃のにおいが染みついている。衛のパートナーは、仕事から帰ってきた彼をどのように迎えるのだろう。最初になんて声をかけ、なにをするのだろう。

まだまだだめだ、と思う。いつパートナーと別れるのか聞く権利なんてない。

「おなかすいてない？」

トイレから戻ってきた衛に思わず聞いた。

えーっ、と衛はのけぞり、「いまラーメン食べてきたばっかりだよね」と笑った。

「えっと、じゃあコーヒー淹れるね」

お揃いのマグカップを使えることが嬉しく、美亜はいそいそとやかんに水を入れた。キリンのマグカップは衛と会う前にちゃんと買っておいた。

「やっぱりビール飲みたいな。ある？」

衛は冷蔵庫を開けた。

「あ、ごめん、買ってない」

衛がビールを好きなことは知っているのに、なぜ気がまわらなかったのだろう。自己嫌悪が募り、悲しくなっていく。

「いま買ってくる」

「いいよいいよ。自分で行くから」

「でも」

「これなに？」

冷蔵庫を開けたまま、衛が振り返る。

「タッパーがいっぱい入ってるけど、美亜がつくったの？」

「あ、それ」

美亜は言いよどむ。が、結局、「お母さんが持ってきてくれたの」と正直に答えてしまい、奥歯で砂を嚙みしめたようなざらりとした気持ちになる。

「わざわざ届けてくれたの？」

「買い物に行ってるときに来たみたいで、帰ったらドアの前に置いてあったの」

「へえ。やさしいなあ」

「ちがうよ。ただの過保護だよ。それに、ドアの前に置いとくなんて、腐るし、いたずらされるかもしれないし。あの人、非常識なところあるから」

「そんなふうに言うなよ」

「だって」

「いいお母さんじゃないか。うらやましいよ」

いいお母さん――。

やっぱり衛もそう言うのか、と美亜はしんとした心で思った。

みんなそう言う。いいお母さん、いいお母さん、美亜のお母さんっていいお母さんだよね、と。なにより美亜自身そう思う。お母さんはいいお母さんだ、いいお母さんすぎてどこか嘘くさい、と。

「これ、鶏の唐揚げだよね。唐揚げをつまみにビール飲みたいなあ。だめ？」

その声音は母親におねだりする子供のようで、衛が甘えているのは美亜ではなく、美亜を透かした母のように感じられた。

「だめ」

考えるよりも先に口にしていた。思いがけず強い口調になったらしく、衛がきょとんとなる。

「あ、ちがうの。腐ってるみたいなの。酸っぱいにおいがしたから」

「なんだ。残念」

衛はほんとうにがっかりした顔をした。

「今度、美亜がつくるから」

「うん。楽しみにしてるよ」

美亜は鶏の唐揚げをつくったことがない。揚げ物をしたことがないし、そもそも料理の経験はほとんどない。

衛のパートナーは、鶏の唐揚げもハンバーグもミートソースも日常のひとつとして簡単につくるのだろうか。

「家でもよく唐揚げ食べるの？」

さりげなく聞いた。

「食べないかなあ」

その答えに少し救われた気持ちがしたのは束の間のことだった。

「太るから揚げ物は禁止されてるんだ」

衛はさらりと続けた。


いままで衛とのことは誰にも話したことがなかったのに、実家を出た途端、言いたくて言いたくてたまらなくなった。外を歩いているとき、電車を待っているとき、仕事をしているとき、「私は衛とつきあってるの！」と叫びたい衝動にたびたび駆られた。

美亜は高校卒業を機に、アルバイト先を和食レストランから新宿にある系列店のハンバーグレストランに変えた。正社員登用を打診されたが、とりあえずはアルバイトのままフルタイムで働くことにした。

美亜が衛とのことを最初に話したのはアルバイト仲間だった。

夜の十時でシフトを終え、更衣室で着替えていると、彼氏の話で盛り上がる声が聞こえた。美亜よりひとつふたつ上の女子大生だった。

「うちに入り浸って出てってくれないんだよねえ。このまま居つくつもりなのかなあ」

「いいなあ。うらやましいよ。うちはどっちも実家だし、彼は社会人だし、なかなか会う時間がないからさあ」

「でも、家賃とか電気代とか払わないし、食費もほとんど私持ちなんだよね。それってどうなのとか思っちゃう。でも、そんなこと言ったらせこいと思われちゃうし」

「そんなのまだいいじゃん。彼、最近あやしいんだよね。着信残しても連絡くれないことあるし、今度の土日は仕事だって言うんだよ」

「女?」

「んー。っぽい」

美亜は、「私もなんですよー」と軽い口調を意識して休憩室に入った。ふたりの顔が美亜に向けられる。

「山田さんって彼氏いるんだ？」

みんなにオカチンと呼ばれている岡林が聞いてきた。社会人とつきあっているほうだ。

「一応いますよ。まだつきあって二か月ですけど」

「二か月しかたってないのにもう女がいるの？　ひどくない？」

もうひとりの伊達がすっとんきょうな声をあげる。

「あー、ちがうんですよ」

美亜はそこで言葉を切り、ため息をついてみせた。

「最初からいるんですよ。いるって知っててつきあったから」

「えっ。なにそれ」

「彼、最初から、一緒に住んでる女がいるって正直に話してくれて。だからこっちから電話とかできないんです」

「なんで？」

「不倫？」

ふたりの声が重なった。

「ちがいますちがいます、不倫じゃないです。結婚はしてないから。ただ、なんか事情があるみたいで、すぐには別れられないらしいんですよね」

「どんな事情？」

「それは聞いてないですけど。でも彼、私より十四歳も上だから、大人ならではの事情があるのかなあ、って」

「十四も離れてるの？」

伊達の驚いた声が「すごい」と言っているように聞こえ、自尊心が満たされた美亜は、えへへ、と笑みをこぼした。

「なんか運命的な出会いっていうか」

この言葉にこそ食いついてほしいのに、ふたりとも反応しない。

「出会ってすぐにそう感じたっていうか」

そう続けたが、うなずきさえも返ってこず、「私も彼もそう感じたんですよ」と美亜は声を強くした。

「聞いたほうがいいんじゃないの？」

オカチンが眉間を狭めて言う。

「え？」

「どんな事情があるのか、ちゃんと聞いたほうがいいと思うけど」

心配げな表情を向けられ、「でもっ」と美亜は急いで言葉を放った。

「普通、そういうの隠すじゃないですか。それなのに、はじめから正直に話してくれたんですよ。だから信用できるし、誠実だと思うし、いちいち聞かなくても安心して待ってられるっていうか」

変だ、と思う。こんなはずじゃなかったのだ。ただ衛のことを自慢し、のろけたかっただけだ。それなのに心配や同情の目を向けられ、腹立たしくなる。

伊達が携帯に目をやり、「噂をすれば彼からだ」とつぶやく。たったいま愚痴をこぼしたばかりなのに声が弾んでいた。

「近くにいるって言うから、ごめん、先に帰るね」

彼氏のもとへ大急ぎで向かう伊達をうらやましく思い、すぐに、ちがう、うらやましがられるのは衛とつきあってる私のほうだ、と考えを修正した。

オカチンに誘われ、新宿駅まで一緒に帰ることになった。

襟ぐりのあいたカットソーとミニスカートのオカチンは華やかで、スタイルのよさが際立った。こんなにきれいな人でも浮気をされるのか、と同情する気持ちと、そんな男を選んだ愚かさに呆れる気持ちがこみ上げた。

「山田さんて高校出たばかりだよね。大学行きたいとか思わなかったの？」

オカチンが聞いてくる。

「勉強嫌いだから」

「私も嫌いだけど、働くほうがもっと嫌いだな」

そう言って笑う。

「それに兄が一浪して、今年大学に入ったんです。うち、そんなにお金ないみたいだから」

「そうなんだ。どこの大学？」

美亜が答えると、オカチンが通っている大学だという。

「学部は？」

「経済って言ってました」

「じゃあキャンパスがちがうから会わないか。名前なんていうの？」

「山田航太です」

「どんな人？」

「普通のマザコン野郎ですよ」

「マザコンなの？」

「いえ」と美亜は苦笑する。

「昔のイメージです。子供のころ兄はよく、お母さんは美亜ばっかりかわいがる、えこひいきしてる、って怒ってたから。でも、私から見たら、反対なんですよね。兄には好きなようにさせるのに、私にはあれしちゃだめ、これしちゃだめ、ってうるさく言って。アルバイトだって十八になってからやっとさせてもらったし、帰りが遅いと迎えに来ちゃうんですよ。実家を出てからはほとんど毎日電話がくるし」

「心配なんだね」

「なにがですか？」

「なにが、って親が心配するのはあたりまえじゃない」

「でも、兄への態度と全然ちがうんです」

「しょうがないよ。女の子だもん。悪い男とつきあうんじゃないか、騙されるんじゃないか、って心配するでしょ。彼氏のこと、お母さん知ってるの？」

「まさか。絶対言えませんよ」

「だよね」

母には、絶対に衛のことを知られてはいけない。けれど、あやしんでいるのかもしれない。

——美亜ちゃん。男の人はね、与えるふりをして奪うのよ。信用しちゃいけないわ。

母がそんなことを言い出したのは、美亜が実家を出る直前のことだった。それがどんな意味なのか、なにを伝えようとしたのか、いまでも美亜はわからない。

最初はちがったのだ。

最初はただやさしいだけの人だったのだ。

はじめて母と会ったのは、美亜が小学三年生のときだった。

「今日から家のことをしてくれる貴和子さんだよ」

父はそんな言い方をしたから、美亜も、ひとつ上の兄も、しばらくのあいだ彼女を家政婦だと思っていた。

ママ、と呼んでいた実母が出ていってから一か月もたっていなかった。

両親が不仲であることは小学生なりに理解していた。父はいつからか不在がちになり、ママも目とくちびるにたっぷりと色を塗り、短いスカートをまとった尻を揺らしながら出かける夜が多くなっていった。

一度、兄とふたりであとをつけたことがある。

ママは府中本町から南武線に乗り、立川まで行った。駅を出ると薄暗い高架下を通り、派手な電飾に彩られたホテルを曲がり、貧相なネオンが連なる路地に入った。ピンク、黄色、赤、白、どのネオンも電力が不足しているようにぼやけて見え、どこからか女の笑い声とカラオケが聞こえてくるのに妙に静かに感じた。美亜が暮らす世界の下にある、普段は蓋のしてある世界に入り込んだようだった。あのときは気づかれていないと信じ切っていたが、ママは尾行に気づいていたのだと思う。

ママが入っていったのは、紫色のネオンが出ている小さな店だった。二階建ての古い木造家屋で、一階が店で二階が住居になっているようだった。路地には同じ造りの建物が隙間なく並んでいた。

ママはその店にのみ込まれたように見えた。美亜たちのいる世界にはもう二度と戻ってこない気がした。

「どうしたの？」という声に顔を上げると、おばさんが立っていた。パーマのかかった髪は茶色く、ママと同じように元の顔がわからないほど派手な化粧をしていた。それなのにトレーナーとジーパンで、長ねぎが飛び出したスーパーのレジ袋を持っていた。

「ママが」

そうつぶやいたのは兄だった。

「ママ？」

「ママがあそこに」

兄は、〈スナックミツ〉と書かれた紫色のネオンを指さした。

「ママを迎えに来たの？」

そう聞かれ、兄はうなずきかけたが、首を横に激しく振った。

「ちがう、ちがう。ママじゃない。ちがいます」

そう叫んで走り出した兄を、美亜は慌てて追いかけた。

家に帰ると、珍しく父がいた。「どこに行ってたんだ？　心配したんだよ」と訊ねた父に、兄は見てきたばかりの光景をまくしたてた。「早くママを迎えに行って。ママはもう帰ってこないかもしれない」と言うのを聞き、兄もそう感じたのならほんとうにママは帰ってこないかもしれない、と美亜は静かに思った。

美亜の予感は当たり、ママの姿を見たのはその夜が最後になった。

ママが出ていったと同時に父は帰宅するようになったが、家のなかはあっというまに荒れていった。流し台にはカップ麺や弁当の容器が山積みになり、洗濯機からは洗濯物があふれ、床はべたつき、そこらじゅうにゴミが落ちていた。不思議なことに、片づけようとするほど散らかっていった。

父が貴和子という女を連れてきたのはそんなときだった。

「家のことをしてくれる」という父の言葉をそのままの意味に受け取った美亜と兄は、彼女を歓迎した。父に雇われたお手伝いのおばさん。自分より立場が下の人だから素直に受け入れることも、甘えることもできた。泊まり込んで家事をしてくれるのは、家族も家もないかわいそうな人だからだと思っていた。実際、兄が「おばさんには家族がいないの？」と聞いたことがある。

彼女は洗濯物をたたむ手を止め、「航太君と美亜ちゃんがいるもの」とほほえんだ。

「じゃあ、ほんとの家族はいないの？」

「そうね」

「お父さんも？」

「ほんとうのお父さんはいないわ」

「お母さんも？」

「お母さんは、いたけど……」

彼女は目を伏せ、言いよどんだ。

「いまはいないの？」

兄が聞くと、そうね、と彼女はつぶやき、沈黙を挟んでから目を上げた。

「お母さんとはお別れしたの」

曖昧な言い方だったが、きっぱりとした口調で、それ以上聞いてはいけない気がした。

「じゃあ、行くところも住むところもないの？」

「このうちがあるもの」

「かわいそうだね」

「ううん、いいの。こういうおうちが欲しかったから。ありがとう」

その答えに、美亜も兄も満足した。かわいそうなおばさんを拾ってあげたのは自分たちなのだと、そんな優越感が生まれた。

かわいそうなおばさんが家政婦などではなく、父の再婚相手で、自分たちの母に当たる人だと知ったときにはすでに、彼女は兄妹にとってなくてはならない存在になっていた。

そのころの母はただやさしく、美亜がすることをほほえみながら見守ってくれていた。

母の干渉が気になりだしたのは、中学に入る前あたりからだ。

変な男につきまとわれていないか、隠れてつきあっている男はないか、男と遊びに行くのではないか。娘にちらつく男の影に過剰に反応した。母の大げさな心配は、グラフにすると上下の波を描きながらも確実に上昇していった。

しだいに、男と親しくしてはいけない、つきあってはいけない、と暗に言われている気になり、窮屈になっていった。

母の干渉は疎《うと》ましかったが、それだけだったらけんか別れのように無理やり実家を出ることはなかったかもしれない。

致命的だったのは、美亜自身の母に対する気持ちに変化が生じてきたことだ。

その気持ちはうまく説明できない。

大げさな心配と的はずれな干渉はしたが、母は「いいお母さん」だった。声を荒らげたことも不機嫌になったことも一度もなく、たいていは遠慮がちなほほえみを浮かべ、子供たちの世話も家事も幸せそうにこなした。美亜は、自分たち兄妹が母に愛され、大切にされていることを感じていた。だからこそ過度な干渉にも我慢できたし、それが母の愛情表現のひとつだと思うこともできた。

原因は母にではなく、美亜のほうにある。

大人になるにつれ、母に不快な違和感を覚えることが増えていった。しかし、その不快さも違和感もどこから生まれたものなのかわからなかった。たとえば、「今晩、なにが食べたい？」と朝の食卓で聞いてきたとき、たまにしか帰らない父を「おかえりなさい」と笑顔で迎えたとき、三者面談で担任のダジャレに声をあげて笑ったとき、そんな母に美亜の神経はいちいち逆立った。

鮮明に覚えているのは、母の下着を見たときのことだ。美亜は中学生だった。友達とポプリ袋をつくることになり、ガーゼのハンカチはないかと、母のたんすを漁った。いちばん上のひきだしには下着が入っていた。母の下着はどれも飾りけのないベージュ系で、いかにも「おばさん」というものだったが、その奥に隠すように黒い色があった。引っ張り出すと、繊細なレースで縁取られた黒いサテンのブラジャーだった。同じデザインのショーツは、男を興奮させるための布きれにしか見えなかった。

美亜の頭に、このいやらしい下着をつけた母が浮かんだ瞬間、それが母の正体ではないか、と思った。普段は「いいお母さん」を演じ、その裏で淫らなことをしているのではないか、と。もちろん、そんなはずはないとわかってはいた。しかし、母を否定し、拒絶する衝動をはっきり感じた。

グロテスクな虫を見たときのような、その虫を思いっ切り踏み潰したくなるような、本能から来る嫌悪感に似ていた。その気持ちを話し言葉に直訳すると、

この女、むかつく——。

善良で地味な、普通のお母さんでしかない母に、なぜそんな感情を持つのか、美亜は混乱した。ただ、これ以上一緒に暮らすと根拠もなく母を嫌い、憎んでしまいそうだった。

父が死んだのは、高校の卒業式の三日後のことだった。

父はたまにしか帰らない人だったが、それでも山田家は父のものだった。その父がいなくなれば母のものになってしまう。このままだと、一生この家で母と暮らさなければならないのではないか。母のいいようにされてしまうのではないか。抜け出すならいましかないと思った。父の死からまもなく馬場衛に出会ったのは運命だと思っている。

インターホンが安っぽい音をたてた。

「しーっ」

美亜は人差し指を口に当て、衛をのぞき込む。衛はいたずらっぽい顔でうなずき、音をたてずに、しーっ、と返した。

ふたりともベッドのなかにいる。二度目のセックスを終えて一時間以上たつが、裸のままレンタルショップで借りてきたＤＶＤを観ている。

また鳴った。

母かもしれないし、そうじゃないかもしれない。フルタイムで働いている母が来るとしたら土日か、平日の六時以降だ。だから、その時間帯はインターホンが鳴っても出ないことにしている。

実家を出てもうすぐ三か月になる。アパートに突然来られるのを防ぐため、母からの電話には出るようにしているが油断はできない。

「新聞の勧誘だと思うよ」

美亜の表情が曇ったのを見て取ったのか、衛は明るく言ってベッドを下りた。美亜に尻を向け、トランクスとＴシャツを身につけると、「おなかすいたね」と振り返って笑った。

「うん、すいた。いまなんかつくるね」

美亜は急いでワンピースを頭からかぶった。

衛はいつも十一時には帰る。もう九時を過ぎているから、あと二時間しか一緒にいられない。

「なんかうまいもんが食べたいなあ」

悪気がないのはわかっている。衛はただ、思ったことをそのまま口にしただけなのだ。だからこそ余計に胸の深くまで突き刺さった。

衛は頻繁に来てくれる。合鍵も渡してある。下着も靴下も用意してある。それでも一度も泊まっていったことがない。

どうしてだろう。くつろげないのだろうか。私の気がきかないから。おいしいごはんをつくれないから。もたもたするから。おもしろい話ができないから。一緒にいて楽しくないから。考えると、鼓動が速くなって息が苦しくなる。

「ごめんね。料理、苦手で」

「ちがうちがう。そんな意味で言ったんじゃないよ」

「だって、言われても仕方ないもの」

「ちがうって。美亜はいつもがんばってくれてるよ」

そう言って背後から抱きしめる。ほぼ同じ身長だから包まれている感じはしないが、じかに届く体温と呼吸に美亜の皮膚はとろけていく。

「だって、鶏の唐揚げだって二回つくったけど、二回とも失敗したもん。衛、おいしいって言ってくれなかったじゃない」

甘えた声になったのが自分でもわかった。

「しつこいぞ」

衛は美亜の体をゆらゆら揺らす。

「だっていまだって、せっかく美亜がごはんつくるって言ったのに、おいしいものが食べたい、って」

「だから、そんな意味じゃないって言っただろ」

「美亜のごはんがおいしくないからでしょ？」

「しつこいぞ」

「だって」

「しつこいっ」

ぱしっ、と頭を叩かれた。

予想外の衝撃に振り返ると、衛は驚いた顔をしていた。

「わー。ごめんごめん」

慌てて美亜の頭を撫でる。火がつきそうなほどの勢いだ。

「けっこう強く叩いちゃった。ほんとごめん。痛かったよな。ほら、俺の頭を叩き返しなよ。百倍返しにしていいから」

そう言って頭を突き出す衛が小学生のように見えておかしくなった。

「もうっ。親にも叩かれたことがないのに」

美亜はすねたふりをしてそっぽを向いた。ごめん、と言って抱きしめてくれると思ったのに、衛は頭を突き出したまま動かない。

「もういいよ。痛くなかったし」

やっと頭を上げた衛は真顔だった。

「どうしたの？」

「いや。美亜は親に叩かれたことがないのか、と思って」

そう言われ、美亜は記憶をたぐった。すぐに断言できたのは、母には一度も叩かれたことがないということだった。覚えている限り父にもない。実母がどうだったかは記憶になかった。

「親に叩かれたことがない人ってほんとにいるんだなあ。だから美亜は世間知らずっていうか浮世離れしてるっていうか、おっとりしてるのかな。そういえば、美亜のお母さんは過保護なくらいやさしいんだもんな」

母がほんとうの母でないことを衛は知らない。

「俺なんか父親にも母親にも叩かれまくったから、美亜んちみたいな平和な家庭が信じられないよ」

父の死から実家を出るまでのあいだ、ひとり暮らしを反対する母との闘いで、毎日が慌ただしく嵐のようだったから、いまはその二か月間の記憶が鮮やかだ。最終的に母が折れたのは、認めてくれなければ家出をすると脅したからだ。その二か月を除けば、たしかに自分の家庭は平和と呼べるものだったのかもしれない。

「そんなに叩かれたの？」

「叩かれた叩かれた。俺の背が伸びなかったのは、釘打つみたいに頭を叩かれたせいだと思うよ」

衛は笑ったが、美亜は笑ってはいけないとくちびるを引き締めた。

ひとり暮らしをはじめてから実家に帰ったことはないが、母には何度か会っている。

母は週に一度の割合で、美亜のアルバイト先に客としてやってきた。私語が禁止されていることを知っている母は、美亜が担当したときは、「元気にしてる？」と控えめに訊ね、担当しないときは料理を運んだり皿を片づけたりする姿を目で追っていた。

実家を出て以来、一度も会っていない兄から電話で呼び出されたのは、九月に入ってすぐだった。

待ち合わせた新宿のファストフード店に行くと、兄は窓際の席にいた。腕を組み、むずかしいことを考える表情だ。

「待たせてごめん。どうしたの？」

テーブルを挟んで座ると、兄はふっと顔を上げた。むずかしい表情のままだ。

「父さんが死んだのは、ほんとうに事故なのかな」

ひとりごとの声音だった。

「え？」

思わず聞き直すと、兄は同じ言葉を繰り返した。

「事故じゃなかったらなんなの？」

「殺されたとか」

兄の視線は美亜に向けられているが、その瞳は美亜をすり抜けた遠くを見つめているように感じられた。

「って誰に？」

「わかんないけど」

「なにそれ。だって事故でしょ。警察がちゃんと調べたし、目撃者だっていたんでしょ？」

父は深夜に、北千住駅西口のペデストリアンデッキの階段から落ちて死んだ。警察の話によれば泥酔状態だったらしい。家族で病院に駆けつけるとき、父の愛人とついに対面するかもしれないと思ったが、霊安室に安置された遺体に付き添っている人はいなかった。

「もし、誰かに殺されたんだとしたら愛人にじゃないの？　別れ話のもつれとか」

確かめたことはなかったが、父が不在がちなのは愛人と暮らしているからだというのが兄妹の一致した意見だった。しかし、兄に伝えていないことがある。美亜は一度、父が愛人らしき相手と電話でしゃべっているのを聞いたことがあった。「俺だって苦しいんだよ、シンちゃん」というひどくあまったるい声に驚いて居間をのぞき見ると、父が携帯を耳に当てていた。それまで見たことのないにやついた顔で、「もちろんシンちゃんと離れたくないよ。長いつきあいじゃないか。いまさら離れられるわけないだろう。明日には帰るからさ、そのときゆっくり話そうよ」と続けた。

「父さんが死んでから変な男が来るんだ」

兄は神経質そうに目をわずかに細めた。

「あの人でしょ。お母さんの上司とかいう人。お葬式のときもやたらと張り切ってたよね。あの人、お母さんに気があると思う」

「あいつじゃない。いや、あいつも来るけど、もうひとりもっと若い男が来るんだ」

「お母さんの恋人だったりして」

「ふざけるなよ」

低く鋭い声を放った兄は顔がほんのり紅潮している。怒っている証拠だ。

美亜は兄が嫌いではないが、兄は思春期を迎えたころからしだいに美亜にそっけなくなっていった。最近ではほとんど会話のなかった兄から電話がかかってきたのだから、なにかあったのだとは思っていたが、こんな物騒な話だとは想像もしていなかった。

「一昨日《おととい》、家に帰ったら、ちょうどその男が玄関から出てきたところだったんだ。俺を見て、なんて言ったと思う？」

これ以上兄を怒らせないために、美亜は黙って首をかしげた。

「キミ、山田の息子だよね、そっくりだね、って」

拍子抜けしたが、小さくうなずくことで続きを促した。

「そいつ、山田が死んだのはほんとうに事故だったのかな、キミのお母さんに殺されたんじゃないかな、って言い出したんだ」

「まさか。だってあの夜、お母さんうちにいたじゃない。それにお母さんがそんなことする意味ないよ」

「もちろんそうだよ。俺だってそう言ったよ。そうしたら、ほんとうの母親じゃないのにずいぶん信用してるんだね、って気持ち悪い笑い方してさ。なんていうか、バカにするみたいな」

「なんでその人、そんなこと知ってるの？」

「父さんの昔からの知り合いって言ってた。十年以上のつきあいだ、山田のことならなんでも知ってる、って。だから、父さんが話したんじゃないの」

兄は早口で答える。

「俺、相手にしないで家に入ったんだ。そうしたら、母さん泣いてた」

「お母さんが？　なんで？」

「その男のせいだよ。きっとその男が、母さんにひどいことを言ったんだ」

苛立ちを吐き出す口調だった。頬の赤みが増し、熱があるように見える。

兄をさらに怒らせることを承知しながらも美亜は口を開く。

「さっきも言ったけど、お母さんの恋人ってことはないのかな」

「あるわけないだろう」

案の定、兄は強く否定する。

「だってお母さん、けっこうもてるところあるじゃん。会社の上司のおやじもそうだし、魚屋のお兄さんとか妙にお母さんに話しかけたりするもん。お母さんなんて普通のおばさんなのにさ。なんかそういうの見てると気持ち悪くなる」

「そんなふうに言うのやめろよ」

尖った目つきと、抑揚のない低い声。兄が本気で怒っていることに気づき、

「あ、うん。ごめん」

反射的にあやまったとき、「平和な家庭」というフレーズが浮かんだ。どこで聞いたのだろうと考え、衛の言葉だと思い出した。

兄は落ち着こうとするように長く息を吐いた。

「そいつ、母さんのこと嫌ってるみたいだったから、そういうのはあり得ないよ。問題は、なぜ母さんが泣いてたのかってことだよ」

「お兄ちゃんの言うとおり、その男にひどいことを言われたからじゃない？」

「ひどいこと、ってどんな？」

「だから、お兄ちゃんが言われたようなこと。お母さんがお父さんを殺したんじゃないのか、とか」

「そうかな。それだけかな」

「それか、お父さんのことを思い出したとか」

兄はわけがわからないというように眉をひそめる。

「だってその人、お父さんの知り合いだったんでしょ？　その人からお父さんのことを聞いているうちに、いろいろ思い出して悲しくなったんじゃない？」

不服そうな兄に、「そういうことってあるよ」と、面倒になった美亜は強引に締めくくった。


アルバイトを終えて帰宅すると、衛が来ていた。

最近、こういうことが増えた。わざわざ約束をしなくても、合鍵で入って美亜の帰りを待っていてくれる。「ただいま」と言えることも、「おかえり」と返ってくることも、なによりここがふたりの居場所になっていることが嬉しくてたまらない。

早番でよかったと心から思った。遅番だったら、せっかく来てくれたのに会えなかったかもしれない。実際、そういうことが何度かあった。

衛はスウェットの上下であぐらをかき、テレビの野球中継を観ていた。テーブルには缶ビールと柿の種。自分のうちにいるようなリラックスした姿に、美亜の口もとが緩む。

「おなかすいてない？」

そう聞きながら、奥さんになったみたいだと浮かれた。

「遅くなってごめんね。いまごはんの仕度するね」

と、奥さんらしい科白を続ける。

「美亜だって仕事から帰ってきたばかりで疲れてるだろ。あとでなんか食べに行くか、ピザでも取ろうよ」

「んー、でも」

「野球終わってからでもいい？　いまいいところだからさ」

夫婦のような会話に、いまなら聞いてもいいんじゃないかと思った。衛とパートナーの女のあいだにどんな事情があるのか。どうしてすぐに別れられないのか。いつ別れてくれるのか。

「やっぱり野球はいいなあ。家じゃ野球観せてもらえないんだよね」

テレビから目を離さず、のびやかなひとりごとといった口調だ。

衛もパートナーと別れたがっていることはたしかだ。はじめて会った日、彼も家に帰りたくないと言っていたのだから。

「ここ、くつろげる？」

衛の隣に座って聞くと、「もちろんくつろげるよ」と肩を抱かれた。

野球中継が終わり、コマーシャルに切り替わったと同時に美亜は切り出した。

「別れない理由は？」

緊張のあまり言葉足らずになり、すぐには伝わらなかったらしい。衛は「ん？」とにこやかに美亜を見た。

「衛、前に言ってたよね。一緒に暮らしてる女の人とすぐには別れられない、って。どうしてなのかなあ、って」

ああ、と衛はくちびるを巻き込み、小さく何度もうなずいた。

「言ったら、美亜は軽蔑するよ」

情けない上目づかいになる。

「しないよ。するわけないじゃん」

「がっかりすると思う」

「しないから、お願い教えて」

「金」

意味がわからず、カネ、と復唱することしかできなかった。

衛はビールのにおいのため息をついた。

「俺、二十代のとき小さなバーを開いたんだ。バカだったんだよ。すぐに潰れてさ。そのとき彼女から借金して、まだ全部返してないんだ」

「返さないと別れられないの？」

「それはやっぱりそうだよ。ごめんね、美亜」

「あといくら残ってるの？」

「一千万以上」

衛があっさり告げた金額は、美亜の想像を超えていた。

「正確には千三百万円」

とっさに十二で割っていた。一年で返すとしたら、一か月百万円以上になる。十年で返すとしても一か月十万円。十年でも無理だと思えた。だいたい十年も待たなきゃいけないなんてあり得ない。想像しただけで気が変になりそうだ。

「返せるの？」

声が震えた。

「バカにしてんのか？」

その声の不穏さに衛を見つめ直した瞬間、頭のてっぺんを平手で叩かれた。

「いたっ」と声を出し、美亜は頭を押さえながら、このあいだのように「ごめんごめん」と頭を撫でられるのを待った。

衛の手が動いた。予想外の素早さだった。頭に衝撃を受け、美亜の体が傾く。衛を見ようとしたら、また打たれた。美亜は状況がのみ込めないでいた。これは冗談なのか本気なのか、笑えばいいのかあやまればいいのか。わからないからなにもできず、されるがままだ。

衛は執拗に美亜の頭に手を振り下ろす。叩くというより、叩き潰そうとする勢いだ。衛が立ち上がる気配がした。

「バカにしてんのか、って聞いてんだよ」

感情の抜け落ちた声が頭上から落ちてきた。その瞬間、これは冗談ではなく、衛は本気で怒り、本気で叩いているのだと理解した。

ごめんなさい。そう言おうとしたとき、衛の足が動いた。蹴り飛ばされ、美亜は床に転がった。

「ふざけんなよ。なめやがって」

唾を吐くようなつぶやき。

衛が出ていくまで、美亜は床に倒れたまま動きを止めた。

ドアが閉まる音に、衛とはもう会えないのではないかと思った。彼は二度とここに来ないのではないか。私は嫌われたのではないか。

頭全体が熱を帯びている。重たい痛みが頭頂から肩まで広がり、脈動に合わせこめかみがどくどくと音をたてている。叩かれた衝撃で、頭蓋の内で思考が散乱している。うまく考えることができない。

自分が衛を怒らせたことは理解できた。自分が悪いのだということも。ただ、自分のなにが衛を怒らせ、なにが悪かったのかがわからない。

美亜はゆっくりと体を起こした。めまいがした。上半身は起こせたが、立ち上がることはできない。

衛との会話をひとつずつ思い返していく。

パートナーの女とのことをしつこく聞いたからだろうか、と思い至った。衛は最初から正直に話してくれた。それなのに彼を問いつめ、責めるような聞き方をしてしまった。信用されていないと、裏切られたと、衛はそう感じたのではないだろうか。

ちがう、と気が急いた。そうじゃないと説明しなくちゃ。私が悪かったとあやまらなくちゃ。気持ちは騒ぎ立てるのに、体は床に吸いつけられて動かない。

どのくらいそうしていただろう、ドアが開く音に目をやると衛が立っていた。

「美亜、ごめん。ほんとにごめんなさい。もう絶対にしません」

いまにも泣き出しそうな憔悴《しょうすい》し切った顔を認めた瞬間、叩かれても仕方がなかったのだ、と美亜は理解した。叩くよりももっとひどいことを、私は衛にしてしまったのだから。

「美亜こそごめんなさい」

そう口にした途端、涙が一気にこぼれ落ちた。衛も泣いているのを目にし、落涙の勢いが増した。

「俺、どうかしてた。ビールを飲みすぎたせいだと思う。ほんとうにもう絶対に絶対に、こんなひどいことしない。だから赦してください。美亜がいなくなったら俺、生きていけないよ」

「美亜も、衛が、いなかったら、生きていけない」

しゃくりあげながら答えた。

顔をくしゃくしゃにしながら衛が駆け寄ってくる。

抱き合ってふたりで声をあげて泣いた。ふたりの泣き声と涙と呼吸が混じり合うのを感じた。いま私たちは一心同体だ、と美亜は思った。

絶対にしない、という約束を衛は一か月もしないうちに破った。

美亜は衛を深く傷つけて以来、パートナーの女のことにも借金のことにもふれなかったし、彼を追いつめる言動はしないよう気をつけていた。

きっかけは、衛が買ってきたショートケーキを床に落とし、「あー。食べられなくなっちゃった」と言ったことだ。

「俺が買ってきたものが食えないっていうのか？」

衛はそう怒鳴り、美亜の頭を立て続けに三回ぶった。美亜が防御の姿勢を取ると、「あ、ごめん。つい」と軽く言い、「でも、いまのは痛くなかったよな？」と笑顔になった。

美亜は急いでうなずいた。頬がこわばっていたが、「大丈夫。全然痛くなかったよ」と笑顔を返した。

「ごめんごめん、よしよし」

衛は笑いながら美亜の頭を、まるで犬にするようにわしゃわしゃと撫でまくった。

「美亜がかわいいから、つい手が出ちゃうのかな」

その言葉に、いまのはこのあいだのとはちがうんだ、と自分に言い聞かせた。いまのはちょっとふざけただけ。愛情表現の一種なんだ。

「漫才のつっこみみたいだね」

話を合わせたつもりだった。それなのに、衛の瞳がすっと変わったのがはっきり見えた。瞳に膜がかかったようでもあり、膜が取れたようでもあった。

美亜の頭を撫でていた手が、いきなり髪をわしづかみにした。頭皮ごと引きちぎろうとするように後ろへと引っ張る。あまりの痛さに美亜の喉は震え、断続的に短い悲鳴が出た。

「バカにしてんのか」

這うような声だ。

「なんだよ、いまの言い方は。俺のことバカにしただろ」

首を横に振ろうとしたが、痛くて動かせない。

髪をつかんでいた手が緩んだ途端、頬を張られた。よろけた足の裏がぐにゃりとしたものを踏みつけ、滑って床に叩きつけられた。ケーキだ、と気づき、衛がせっかく買ってきてくれたケーキを踏んじゃうなんてもっと怒るかなあ、と倒れたまま考えた。

しばらく静けさが続いたが、耳の奥できーんと金属音が鳴っているのに気づき、もしかして耳が聞こえなくなったのかもしれないと思った。

背後から衛が近づいてくる。床から振動が伝わる。「美亜」と静かに呼びかけられ、聴覚を失っていないことを知る。あぶくが弾けるような音がした。次の瞬間、衛は美亜に覆いかぶさるように崩れ落ちた。

「俺、もう嫌だ」

美亜を抱きかかえながら吐き出す。衛の涙で美亜の頬が濡れ、熱い呼吸で耳が湿っていく。

「俺、家を出たい。早くあいつと別れたい。もう我慢できない。これ以上無理だよ。美亜と一緒に暮らしたい。美亜とずっと一緒にいたい」

衛が帰ってから体中を確かめたが、血も出ていなかったし、痣もできていなかった。

これくらいは普通のことなのかもしれない。親が子供を叱るレベル、しつけの範囲内なのかもしれない。衛も、親に叩かれて育ったと言っていたではないか。自分がたまたまそういう家庭環境になかっただけで、きっとよくあることなのだ。美亜は強引にそう処理した。

そんなことよりも大切にしなければならないことがある。

早くあいつと別れたい。もう我慢できない。美亜と一緒に暮らしたい。美亜とずっと一緒にいたい。

衛はそう言ってくれた。

この日から衛が手を上げる回数は増え、しだいに激しさが増していったが、必ず最後に「早くあいつと別れたい。美亜と一緒に暮らしたい」と泣きながら言ってくれるようになった。

衛が乱暴な行いをするのは本心を告げるために必要なプロセスなのではないか、と美亜は考えた。彼は、パートナーの女と暮らしていることに罪悪感を抱いている。ほかの女と暮らしている自分が、美亜に「一緒に暮らしたい」と告げる資格などないと思っている。だから、特別な儀式なしには言葉にできないのだ。

頭ではそうわかっていても、衛が急に手を動かしたり、押し黙ったり、体を寄せてくると、美亜の体は勝手にこわばった。そんな自分が嫌でたまらない。衛を信じていない、彼の気持ちに応えていない、彼を理解していない。衛に殴られたり蹴られたりするより、自己嫌悪のほうが数倍も痛かった。

母からの電話に出た瞬間、いまいちばん聞きたくないのはこの人の声だ、と美亜は感じた。「美亜ちゃん、いまおうち？　ひとりでいるの？」という呼びかけに、「ん」と言葉ともいえないそっけない音で返したのは拒否感のせいだけではなく、衛に蹴られた脇腹の痛みのせいもあった。

いつもの儀式を終え、衛が帰ったのは一時間前だ。美亜はベッドに横たわっている。

「もう寝てた？　大丈夫？」

大丈夫？　と聞かれ、思わず「なにが」と食ってかかる口調になった。

「ううん、元気ならいいの。あのね、美亜ちゃん、しばらくうちに帰ってこないほうがいいかもしれない」

いままで何度も「帰ってきたら？」と言っていたのに、急にどうしたのかわけがわからない。

「別に帰る予定ないけど」

理由を聞くのも億劫で、乱暴に吐き捨てた。

「それから、美亜ちゃんのところに変な男が訪ねていったりしてないわよね？」

変な男？　と心のなかだけで復唱し、以前、兄から聞いたことを思い出した。

「もう再婚？」

「え？」

「お父さんの知り合いと仲よくしてるんでしょ？」

声が返ってこない。

やっぱりそうだったのか。鈍感な兄は否定したが、思ったとおり母の恋人だったのだ。

人の気も知らないで、と苛立ちが募る。

この女、むかつく――。

父が死んで八か月しかたってないのに。そう思ったとき、この女はもともと父と不倫していたんじゃないか、と閃いた。どうしていままで思い至らなかったのだろう。そうだ、そうに決まっている。じゃなきゃ、実母が出ていったあと、あんなに早く再婚するわけないじゃないか。

「お母さんって略奪婚？」

そう聞くと、え？　と小さく返ってきた。

「お父さんと不倫してたんでしょ？」

「そんなこと、してないわ」

「私のママが出ていってくれて嬉しかった？」

「美亜ちゃん、どうしたの？」

「それとも、お母さんが離婚させたの？」

「ちがうわ」

「あなたのせいでママがいなくなったんじゃないの？」

なんで普通のおばさんなのにちやほやされるのだろう。きっと男に殴られたことなど一度もないし、苦労したこともないのだろう。この女はひと粒の涙を流すこともなく、いとも簡単に父を奪い取ったにちがいない。

私はいつまで待てばいいのだろう。あとどれだけ儀式を行い、どれだけ泣けばいいのだろう。

「美亜ちゃん、ごめんね」

長い沈黙のあと吐息のような声が聞こえた。

「やっぱり不倫だったんだ？」

「そうじゃないわ」

「じゃあ、どうしてあやまるの？」

「そうじゃないけど、ごめんなさい」

ひとつの光景が閃光となって現れたのは電話を切ってからだ。

まず浮かんだのは、ぼやけたネオンに照らされた女の顔だった。

青いアイシャドウと、ばさばさ音をたてそうなつけまつ毛で飾られた目。濃いピンクのくちびるに、石膏のように白く塗りたくられた肌。素顔が想像できないほど濃い化粧をしているのに、長ねぎが飛び出したレジ袋を持っていた。実母が入っていったスナックを見ていた美亜と兄に、「ママを迎えに来たの?」と聞いたあの女。あれは、一か月後に美亜たちの母となった貴和子ではなかっただろうか。

美亜は頭のなかで、彼女の髪を茶色から黒にし、後ろでひとつに束ねてみた。化粧を剝いでみた。母にならないだろうかと思ったが、のっぺらぼうになっただけだった。いまとなっては確かめようがない。しかし、あれがもし母だったとしたら、おそらく実母と母は知り合いだったのだろう。母は知り合いの夫を平気で奪ったことになる。一度思いついたら、そうとしか考えられなくなった。

けれど、もうどうでもいい。それが判明したところで、衛と一緒に暮らせるわけではない。衛以外のことに頭を使う余裕はなかった。

アルバイト先から正社員登用試験を受けるよう再びすすめられたが、美亜は断った。長く働くつもりはなく、次の仕事が見つかりしだい辞めるつもりでいた。

お金が欲しかった。楽して稼ぎたいとは思わないが、手っとり早く稼ぎたかった。その手段としては、風俗と詐欺のふたつしか思い浮かばない。風俗のほうが現実的だが、裸になるわけにはいかない。美亜の体には、赤、紫、黒、青とさまざまな色と形状の痣がある。衛と暮らせる日が来るまで、痣は増えることはあっても消えることはないと断言できた。

最初は、一日でも早く千三百万円をつくりたいと思っていた。しかし、ひと月に百万以上稼いでも、一年も待たなければならない。その長さを思うと気が狂いそうになる。分割でもいいのではないか、と思いついた。パートナーの女と直接交渉するのだ。絶対に返済するから先に衛をください、と。クレジットカードだってキャッシングだって分割払いができるのだから可能なことだと思えた。

ただ、衛に知られるわけにはいかない。彼のプライドを傷つけたくない。

住所は、衛がシャワーを浴びているときに運転免許証で確かめた。小金井市貫井南町《ぬくいみなみちょう》。マンションの場所も地図で確認済みだ。問題は、パートナーの女とどうやって知り合いになるかだ。

美亜は、まず女と知り合いになるつもりだった。そのほうが交渉がスムーズに進むと思えた。

母だってそうだったじゃないか。きっと実母と知り合いだったのだ。そして、あっさり父を奪い取ったのだ。

次の休みには、衛と女が暮らすマンションに行ってみるつもりだった。

アパートのドアを開け、玄関の灯りをつける。衛の革靴があった。嬉しいのに、胃がきゅっと縮まったのは、三日前、みぞおちを殴られて吐いたときの記憶が体に刻まれているからだ。

靴があるのに、部屋は暗い。玄関の灯りが、ベッドに腰かける衛をぼんやりと照らしている。

「どうしたの？　電気もつけないで」

そう言って部屋の電気をつけると、「つけるなっ」と衛はか細く叫んだ。

なにかあったのだ、と美亜は悟った。

真っ暗な部屋にいるのもおかしいし、いつもならスウェットの上下に着替え、テレビを観ながらビールを飲んでいるのに、テレビはついていないし、テーブルの上にはビールもない。スーツとネクタイのままかしこまったように座り、その横顔は蠟人形のように白くこわばっている。

灯りに照らされた数秒のあいだに、衛のただならない様子が美亜の目に焼きついた。

「どうしたの？」

電気を消してから改めて訊ねたが、反応はない。

不吉な予感がした。炭酸水が皮膚の内側を流れるようだった。

「俺、やばい」

やがて衛がつぶやいた。

「やばい、って？」

美亜は、衛の正面にしゃがみ込んだ。衛の体が震えているのに気づき、美亜に伝染する。

互いの震えを抑えるために衛の手をぎゅっとつかむ。

「ひとひいた」

意味のない音の連なりにしか聞こえず、ひとひいた、と口のなかで復唱した。声にしてはいけないと直感し、再び衛が口を開くのを待った。

「人轢いたかもしれない、俺」

ひとひいた、の意味が理解できた瞬間、ほっとして崩れ落ちそうになった。別れ話じゃなくてよかった。衛が余命を宣告されたんじゃなくてよかった。轢かれたのが衛じゃなくてよかった。

「どうしよう。俺、怖くなって逃げてきちゃった」

「ここに?」

衛は小さくうなずく。

「美亜のところに?」

こくこくと寝ぼけた子供のようなうなずき方だ。もうすぐ十一時になるのに衛は時間を気にしない。もう女のもとへ帰らなくてもいいのかもしれない。

「昼間、国分寺で、はねた」

「うん」

「スクールゾーンだったけど、抜け道だったし、急いでたし」

「うん」

「ちょっと携帯を確認しただけなんだ」

うわごとのような声に、美亜は丁寧に相づちを打つ。

「気がついたら、突っ込んでて」

「うん」

「ボンネットに子供がのってて、なんとかしなきゃと思って、慌てて降りたんだけど、なんかめちゃくちゃになってて、俺、走って逃げた」

「うん」

「どうしよう」と、そのときはじめて衛の瞳が美亜を捉えた。「死んでたらどうしよう」

「どうもしなくていいよ」

どんな事故が起ころうが、誰が死のうが、衛がいまここにいることが美亜にとっていちばん大切な真実だった。

「でも、捕まるよ」

そう言ったが、その目にはわずかな望みの色があった。

「捕まらない」

「俺、捕まりたくない」

「ここにいれば大丈夫だよ」

「刑務所に行きたくない。怖いよ」

「美亜が助けるから。絶対に守るから」

この言葉を期待していたのだろう、「ほんとに？」と無防備な目に、「ほんとに」と美亜は強くうなずいた。

翌日からアルバイトを休んだのは、衛がいなくなるのを恐れたからだ。コンビニに行くことさえ不安だったが、衛は部屋から一歩も出ようとはしなかった。美亜が用意したものを食べ、ビールを飲み、一日に何十回も「どうなったんだろう」とつぶやいたが、テレビをつけようとはしなかった。

「なんで逃げちゃったんだろう」

衛がそう言い出したのは三日目の朝、トーストと目玉焼きを食べているときだった。陽当たりの悪い部屋だが、初冬の薄い陽射しが控えめに射し込んでいた。

「どうなったんだろう」

そのつぶやきに美亜は答えず、「コーヒーおかわりする？ それともカフェオレにする？」と笑顔で聞いた。

「死んでないかもしれないよな？」

肯定を求めるまなざしだ。

「軽い怪我だけかもしれないよな？」

ここに逃げ込んでからまだ三日しかたっていないのに、衛の心は早くも外へと向かいはじめている。

「執行猶予とかつくかもしれないよな？」

血走った目と無精ひげの疲弊した顔に、期待と楽観の色が滲む。美亜が恐れている言葉を言おうとしているのが察せられた。「じ」と衛が声にするより先に、「死んでるよ」と美亜は言った。

マグカップを電子レンジに入れ、温めボタンを押してから、「ふたり」と続ける。

「あと、意識不明の子がひとりいて、怪我をした子が四人だって。全員、小学一年生だって」

衛は口を半開きにして固まった。「嘘だろ」というつぶやきは無意識のものだろう。

嘘ではない。牛乳を買いに行ったとき、携帯でニュースサイトを見ると、国分寺のひき逃げ事件はトップで取り上げられていた。ただし衛の名前は報道されておらず、警察が車を運転していた男の行方を追っているとのことだった。

「嘘だと思うならテレビつけてみる？」

美亜はリモコンを手に取った。何度かチャンネルを替えると、情報番組が事故を取り上げていた。右上のテロップに〈小1　3人死亡〉とある。衛はテロップに気づいていないようだ。

「意識不明だった子も死んじゃったみたい。三人死亡だって」

事故現場にはたくさんの花が手向けられ、手を合わせる人たちの映像が映し出された。ひとりの女がインタビューに答える。「赦せないですよ。子供たちを轢いといて、逃げたんですよ。事故じゃないですよ。通り魔ですよ。人間のやることとは思えません」

衛がリモコンを奪いテレビを消す。

電子レンジが、チーンと音を立てた。

「衛の名前はまだ出てないよ。なんでかな。でも、警察は衛だってわかってるよね」

カフェオレが入ったキリンのマグカップをテーブルに置き、美亜は続ける。

「そういう場合、自首にならないんじゃなかったっけ。自首って犯人がわからないときだよね。それに、衛はもう逃げちゃってるから罪はもっと重くなると思う」

衛は浅くて速い呼吸を繰り返している。こわばった頬の片方が、ときおりぴくぴく痙攣する。

「小学一年生の子が三人も死んじゃったんだもん。みんな感情的になってるよ。いまさら出頭しても吊し上げられるに決まってるよ」

両手で顔を覆った衛ににじり寄り、包み込むように抱きしめる。痛々しい震えが伝わってくる。

「いまは最悪のタイミングだよ。このまま隠れてたほうがいいよ。ふたりで海外に逃げるって手もあるよ。ネットで探したら偽造パスポートをつくってくれるところがあるみたい。海外なら、いままでどおりごはん食べに行ったりビール飲んだり、普通に暮らせるよ」

衛の震えは止まらない。

かわいそうに、と思う。かわいいとも思うし、いとおしいとも思う。

「美亜が絶対に守るからここにいて。ね？」

美亜の腕のなかで、衛は震えながらうなずいた。

千三百万、と胸のなかで言葉にし、美亜は自分を奮い立たせる。

パートナーの女に渡す必要はなくなったが、これからはじまる衛との暮らしを考えるとそのくらいのお金がいるのではないか。一千万。いや、とりあえず五百万くらいでもいいだろうか。

「明日からまたバイトに行くね」

衛が不安げな目を向ける。

「お金がいるでしょ。働かなきゃ。衛はこの部屋から一歩も出ないでね。大丈夫、全部美亜がなんとかするから。ふたりで海外に行こう。それがいちばんいいよ」

ね、とのぞき込むと、衛は小さくうなずいた。

早番のシフトを終えて六時で上がると、更衣室でオカチンと伊達が着替えていた。着替え終わった伊達はやけに丁寧に化粧直しをし、持参したヘアアイロンで髪まで巻きはじめた。

美亜の視線に気づき、「これから面接なの」と卓上ミラー越しに笑う。

「キャバクラだって」

オカチンが言う。

「彼氏と別れたからやりたいことやるんだ」

「キャバクラって時給はいくらですか？」

「三千円。男としゃべったりお酒を飲んだりしてそれだけもらえるなら悪くないよね」

「そんなに甘くないって」

オカチンが苦笑する。

男としゃべったりお酒を飲んだりする――自分には無理だと即断した。

「風俗のほうがキャバクラより時給はいいですよね？」

「えー。山田さん、風俗に興味あるの？」

オカチンは美亜が答えないうちに、「やめなよ。絶対に向いてないって。キャバ嬢だって向いてないよ。夜の仕事はやめたほうがいいよ」と説得するように言った。

「でも、売れっ子のキャバ嬢は風俗より稼ぐらしいよね。月百万以上稼いでる子もたくさんいるって書いてあったもん」

「私もそのくらい欲しいです」

「私だって欲しいよ」

冗談だと思ったらしく、伊達とオカチンは声をあげて笑った。

休憩室のドアが開き、アルバイトの男子高生が顔をのぞかせた。

「山田さんにお客さんが来てますけど」

「え。誰？」

「名前までは聞いてないですけど。男の人です」

警察だったらどうしよう、と血が一瞬で冷えるのを感じた。衛を逃がさなくては。でも、逃がしたらもう会えなくなってしまう。逃げるなら、ふたり一緒じゃないとだめだ。

「彼氏じゃないの？」

なにも知らない伊達の冷やかす声が、美亜の耳を流れていった。

あそこです、と男子高生が指さしたテーブルにいるのは兄だった。緊張が一気に抜け、息をついたら、代わりに怒りがこみ上げてきた。いままで兄がアルバイト先に来たことは一度もない。よりによってこんなときに来るなんて。苛立ちがそのまま声になった。

「なんなの？」

美亜の不機嫌を兄は受け流し、「ああ」とどこか上の空で言った。テーブルの上にはコーヒーが置かれているが、口をつけた様子はない。

美亜はテーブルを挟んで腰を下ろし、「なにか用？」と聞いた。なかなか口を開かない兄に、「用がないなら帰ってもいい？　私、急いでるの」と続けた。

「おまえのところに変な男が行かなかったか？」

ぱっと目を上げて兄は聞いた。

これとまったく同じ科白を母から聞いた。

――美亜ちゃんのところに変な男が訪ねていったりしてないわよね？

あれは一か月ほど前だった。そういえばあれ以来、母はアルバイト先に来ていないし、電話もかけてきていないのではないか。

しかし、母のことにはふれず、「来てないけど、なんで？」と聞いた。

「四十歳くらいの、カギイっていう名前の」

「もしかして前に言ってた人？　お父さんの知り合いとかいう人だよね」

兄は小刻みに何度もうなずく。

「その人がなんなの？　私にどう関係があるの？　私、ほんとに時間がないんだけど」

「このあいだ、また会ったんだ。もしかしたらあいつ、待ち伏せしてたのかもしれない。駅の改札を出たら、いたんだ。あいつ絶対におかしいよ。母さんの話ばかりするんだ」

恋人だからじゃないの、と言いたかったが、怒らせた分だけ話が長引きそうだから黙っていた。

「こないだは、前の母親のことを言い出してさ」

「ママの？」

兄はうなずく。

「あいつ、にやにやしながら、おかしいとは思わなかったかい、って。お母さんがいなくなってすぐに新しい人がお母さんになったこと、タイミングが早すぎて不自然だって、そうは思わなかったかい、って」

美亜は、自分の推理が当たっていたことを確信した。やはり母は実母と知り合いで、父と不倫していたのだ。

「キミのほんとうのお母さんはあの夜を最後に姿を消したよね、って言うんだ。キミたちになにも言わずにいきなりいなくなるなんてあるのかな、って」

「そういう人だったんだよ」

尻を揺らしながら夜のまちを歩く後ろ姿を思い出し、美亜は舌打ちの口調で言った。

兄は、「俺もそう言ったさ」と勢い込んだ。

「そうしたらあいつ勝ち誇った顔で、俺は全部知ってるんだよ、キミのお父さんから全部聞いてるんだ、って言った」

「知ってるってなにを？」

「母さんの正体だって」

はあっ？と声が裏返った。

「正体、ってなにそれ。お母さんなんて、ただのお母さんじゃん」

「キミのお母さんは怖い女だ、欲しいものを手に入れるためならなんでもする、って」

「それ、不倫のことじゃないの？」

「なんだよ、不倫って」

「私、気づいたんだよね。お母さんって、お父さんと不倫してたんだよ。お父さんと結婚するためにママを追い出したんだと思う」

「そんなわけないだろう」

「だって、ママが出ていってすぐにお母さんが来たんだよ。そうとしか考えられないよ」

「母さんがそんな汚いことするわけないだろう」

兄は目をつり上げた。

なにをムキになっているのだろう、と美亜は呆れた。やっぱり兄はいまでもマザコン野郎のままなのだ。

ふと、たんすの奥の黒いブラジャーとショーツが浮かんだ。母があいういやらしい下着を持っていることを兄は知らないのだろう。

「じゃあ、どうして母さんが再婚した途端、また父さんは家を空けるようになったんだ？　もし不倫してたなら一緒に暮らすはずだろ。おまえだって、父さんが帰ってこないのはどこかで愛人と暮らしてるからだって言ってたじゃないか」

そう言われると、自分の推理が揺らいだ。たしかに兄の言うとおりだった。電話の相手に向かって、シンちゃん、と語りかける父のあまったるい声を思い出した。

「それに、前におまえ、カギイって男が母さんの恋人じゃないかって言ったけど、絶対にあり得ないからな。もし恋人だったら、わざわざ俺に母さんの悪口言うわけないだろ」

「わざとじゃない？」

「わざと？」

「お兄ちゃんのことが邪魔なんだと思うよ。そのカギイって人、お母さんとふたりで暮らしたいんだよ。だからわざと悪口言って、お兄ちゃんを遠ざけようとしてるんだよ。子供には消えてほしいんだよ」

「子供っていっても血はつながってないぞ」

そう吐き捨てた兄の顔は紅潮している。

兄がなにに怒っているのか、誰に怒っているのかわからないが、美亜のなかに本能的な恐怖が生まれた。いままで兄がどんなに怒っても怖いと感じたことなどないのに、衛との儀式を繰り返すことで、体の奥底に恐怖心が刻まれたのを自覚した。

美亜は腕時計に目をやった。ＮＨＫのニュースがはじまる七時までに帰りたいのに、もう六時半を過ぎている。

「ねえ、お兄ちゃんって貯金いくらあるの？」

自然と甘える声になった。

「なんだよ急に。ないよ」

「家にはあるのかな。ほら、お父さんの保険金とか」

兄は美亜を睨みつけた。

「泥酔してたせいで保険が下りなかったのは知ってるだろ。なんだよ、こんなときに金の無心かよ。これ以上、母さんに心配かけるなよ。いま、それどころじゃないだろう」

それどころじゃない。そう言いたいのはこっちのほうだ。美亜はバッグをつかんで立ち上がった。

「時間ないからもう行くね」

歩きかけて足を止め、うつむき加減の兄を見下ろした。

「お母さんに直接聞いてみれば？　みんなもう大人なんだから、別々に、好きなように生きたっていいんじゃないの？」

兄は顔を上げない。

真っ赤な耳を見つめながら、そういえば子供のときから兄がなにに怒っているのかよくわからなかったな、と思い出した。

七時のニュースに間に合うように駅からアパートまで走った。

テレビをつけると、どこかの工場の爆発事故が流れ、続いて国分寺のひき逃げ事件が映し出された。

「ほら、やってるよ」と、美亜は衛の袖を引っ張った。

衛は画面から放たれる光を避けるようにぱっとうつむく。

「朝もやってたのに、夜もやるんだね」

テレビは、三人目の被害者の通夜が営まれたことを報じている。アナウンサーが「現場から立ち去った……」と言ったとき、いつものように「……男の行方を」と続くのだと思ったが、ちがった。「馬場衛」と、まるで音に形があるようにはっきりと聞こえた。

「馬場衛容疑者の行方を追っています」

衛が弾かれたように顔を上げる。

そこでちがうニュースに切り替わった。

「とうとう名前が出たね」

衛は魂が抜けたような顔だ。

「でも大丈夫だから」

美亜は彼の手を撫でる。

「美亜、月に百万円になるバイトするから。お金が貯まったら海外に行こう。衛はどこがいい？」

黙ったままの衛に代わって、「物価を考えると東南アジアかなあ。タイとかフィリピン？フィリピンだったらタイのほうがいいな。ちゃんと調べてみないとね」と続けた。

地下鉄のなかで、風俗の求人サイトをチェックした。ソープ、ヘルス、イメクラ、風俗エステ。ちがいがわからず、とりあえず時給の高いところにしようと思う。最近、儀式を行っていないから、痣はそのうち消えるだろう。

隣に立っているサラリーマンに携帯をのぞき見されている気がし、ニュースサイトに変えたが、国分寺のひき逃げ事件はトップには出ていない。

〈馬場衛〉の名前で検索すると、実名報道されてから一日しかたっていないのに、ずらりとヒットした。〈家族判明〉という文字に吸い寄せられタップすると、今度は〈妻と一男一女〉

という文字が目に飛び込んできた。

ニュースサイトではなく、個人のブログのようだ。そこには、三人の小学生を轢き殺した殺人犯・馬場衛の家族が判明した、とあった。妻と一男一女の四人家族で、長男は小学一年生。自分の子供と同学年の子を三人も殺して逃亡するなんて死刑以外にあり得ない、と煽《あお》る文章で書いてあった。

気がつくと地下鉄を降りていた。ふたつ手前の駅だった。

「嘘だよ」

無意識のうちに出た声を、走り去る地下鉄の音が消した。

ホームに立ち尽くし、美亜は検索を続ける。〈妻と一男一女〉〈長男は小学一年生〉〈四人家族〉そう書いてあるのはひとつやふたつじゃない。まるでエンドレスに続く行進のようにどんどん現れる。なかには、馬場衛の元同級生と名乗っている人もいるし、衛の人物像を語っているものもある。

嘘だ、と自分に言い聞かせる。ネットは嘘ばかりだもの。みんなでたらめばかり書くもの。だから信じちゃいけない。言い聞かせるほど、体のなかから酸素が抜けていくようだった。

駅前のコンビニで、ビールの六缶パックと鶏の唐揚げを買って帰った。

「ただいまー」と普段どおりの声を意識する。

いつものように部屋の電気は消えているが、昨日までとちがうのはテレビがついていることだ。昨晩のニュースで実名が出てから、衛は憑《つ》かれたようにテレビを観続けている。いまも体をのり出すようにして、ニュース番組をザッピングしている。

部屋の電気をつけると、衛はまぶしそうに細めた目をちらりと向け、すぐにテレビに向き直った。

画面に映っているのは、工場爆発事故の続報だ。液化ガスがどうのとか水素がどうのとか、専門家がフリップを使って説明しているが、美亜の耳には届かない。

衛がチャンネルを替えた。携帯電話会社のコマーシャル。また替える。梅酒のコマーシャル。替える。さっきと同じチャンネルは、まだ工場爆発について報じている。フィギュアスケーターのインタビュー。アプリのコマーシャル。海外ドラマ。工場爆発事故。

「もういいよっ」

美亜はリモコンを奪った。

衛はぽかんと美亜を見上げる。無防備で情けなく、バカみたいな顔だ。

美亜の右手が動く。「いたっ」と衛から短い声が漏れた。その声で火がついた。

もう一度、衛の頭めがけて右手を振り下ろす。衝撃とともに手のひらで熱が弾け、その熱が体中を巡る。止まらなくなった。右手の凶暴さに、美亜はおののいた。おののきながら、右手がエネルギーを使い果たすまで衛の頭を叩き続けた。

「四人家族って嘘だよね？」

衛は上半身を傾け、片手を床についた姿勢でうつむいている。

「妻と一男一女の四人家族って嘘だよね？」

長い静止のあと、衛はうなだれた首をゆっくり戻したが、美亜を見ようとはしなかった。

「迷惑かけちゃった」

衛がぽつんとつぶやく。

迷惑なんかじゃない。そう言いたかった。私のところに来てくれて嬉しかった。私を頼ってくれて、私を選んでくれて、すごく嬉しかった、と。けれど、「嘘だよ」と衛の口から聞くまでは言えない。

「みんなどうしてるだろう。子供たち、学校に行けないだろうな。いじめられてないかな。みんなうちにはいられないよな。いや、うちから出られないのかな。みんな俺のせいだ。どうして逃げたりしたんだろう。せめて逃げなければこんなに迷惑かけなかったのに」

顔がくしゃりと崩れ、閉じた目から涙がこぼれた瞬間、衛は「うおっ」と短く咆哮し、両手で顔を覆って激しく泣き出した。

嗚咽をあげながら震える男を、美亜は黙って見下ろした。

「……もうだめかな……もう遅いかな……絶対赦してくれないよな」

嗚咽のあいだからつぶやきが漏れる。

美亜は男の肩を蹴りつけた。

これ以上、余計なことをしゃべらせたくなかった。しかし、衛の上半身は大きくかしいだだけで倒れはしない。もう一度、蹴る。蹴る。蹴る。続けざまに蹴りつけると、衛は片手で肩を押さえ、ゆっくりとうずくまった。床に突っ伏し、さらに大きな泣き声をあげる。

美亜はしゃがみ込み、衛の背中に手を置いた。びくっ、と硬い背中が反応する。

「ごめんね、衛」

そう口にしたとき、泣きたい衝動がふっとよぎったがすぐに消えた。瞳はからからに乾いている。

「でも、衛が悪いんだよ。あのね、ネットですごいことになってるよ。危険運転致死罪はまちがいないとか、ひどい人なんか殺人罪を適用しろって騒いでるし、わざと突っ込んだんじゃないかって言ってる人もいる。いまさら出頭しても遅いよ。もう手遅れなんだよ。海外に逃げるしかないんだよ」

「俺、出頭する」

衛はきっぱりと言った。体を起こし、美亜を見る。涙と鼻水でぐしょぐしょになった顔を晒し、美亜の同意を待っている。

その顔面に蹴りを入れた。「ぐっ」と奇妙な音をたて、衛が激しくひっくり返る。無防備な腹を踏みつけ、丸まった背中を蹴りつけながら、美亜は気づいた。そうだ、これは儀式なのだ。衛が真実を告げるために必要なことなのだ。

もうすぐ衛は言うだろう。四人家族なんて嘘だと、妻も子もいないと、美亜とずっと一緒にいたいと。

胎児のように体を丸め、衛はきつく目を閉じ、歯を食いしばっている。まだ口を開かない。だから、代わりに美亜が言う。

「どこにも行かないよね」

衛は答えない。

「一緒にいるよね。ふたりで逃げるよね」

「……もう、無理だよ」

絞り出すような声。

「無理ってどういうこと？」

「出頭、する」

「なに言ってるの？　死刑になるよ。三人も殺したんだもん。それでもいいの？」

小さくうなずく。

「私、脅されたって言う。監禁されて暴力ふるわれた、って。体中に痣があるもん、警察だって信じるよ」

衛はしゃくりあげる。

「そんなこと、どうでも、いいよ」

途切れ途切れにそう言った。

そんなことどうでもいい——。

そんなこと、だったのか。どうでもいいこと、だったのか。あれは大切な儀式じゃなかったのか。

「美亜と一緒に暮らしたい、って言ったよね」

ぶるぶると首を振るさまが、美亜の言葉を振り払うように見えた。

「ねえ、そう言ったよね？」

「……どうでもいい」

「親にも叩かれたことないんだよ」

衛は両手を床に叩きつけ、ものすごい勢いで体を起こした。くちびるの端に血が滲んでいる。

「だからどうでもいいって言ってんだよっ」

獣が威嚇するようだった。

どうでもいい――。その言葉が、美亜を、美亜のこれまでの人生を否定するものに聞こえた。美亜だけじゃなく、父や母、兄、実母の存在を穢《けが》されたと感じた。

美亜は携帯を手に取った。警察に電話しようと指を動かした途端、通話がつながる。

「もしもし？」

聞こえたのは母の声だ。

「どうしたの？」と心配そうな呼びかけに、誤操作で自分からかけたのだと気づいた。

「お母さん」と反射的に声が出た。

「どうしたの？　なにかあったの？」

美亜は、警察に告げるつもりだった科白をそのまま口にする。

「助けて」

「美亜ちゃん？」

「変な男がいる」

「え？」

「うちに変な男がいるの」

「逃げなさい」

母は鋭い声を放った。

「話を聞いちゃだめ。いますぐ逃げるのよ」

せっぱつまった声に促されるように視線を上げると、血走った目とぶつかった。衛が美亜へとまっすぐ腕を伸ばし、その先には包丁があった。

「早くうちに来なさい。一緒に逃げるのよ」

母の声が聞こえる。

血走った目と包丁を交互に見ながら、美亜は少しずつ後ずさる。

「いまどこにいるの？　迎えに行くわ」

携帯を耳に当てたまま、背後に手を伸ばしてドアノブをさぐった。ドアを開けると同時に外に飛び出し、明るいほうへ向かって走った。すぐ背後に包丁が迫ってくるようで、振り返ることができなかった。

タクシーに乗り、実家の住所を告げてから改めて携帯を耳に当てると、すでに通話は切れていた。かけ直すと、呼び出し音が鳴るばかりだ。母のことだから、娘のただならない様子にいてもたってもいられず、家の前をうろうろしているのだろう。その姿を想像すると、こんなときなのに少し笑えた。

着信音が鳴った。案の定、母からだ。

「もうすぐ着くよ。でもごめん、タクシー代払ってくれる？」

無事でよかった、と安心した声が返ってくると思ったのに、かすかな息づかいが聞こえるばかりだ。

「お母さん？」

「美亜」

その声は兄だった。

「お兄ちゃん、どうしたの？　お母さんは外？　もうすぐ着くって伝えてくれる？」

「母さん、動かない」

「え？」

「血がすごいんだ」

「血？」

「今日、俺の誕生日なんだよ」

「ちょっと待って。お母さんがどうしたの？」

「それなのに、俺を捨てて、あの男と出ていこうとした」

「え。なに？　なに言ってるの？」

「さっき、こっそり電話してるの聞いたんだ。一緒に逃げよう、迎えに行く、って」

美亜は息をのんだ。

「お兄ちゃん、ちがう、それ、」

通話が切れた。

何度かけ直してもつながらない。

どうしてだろう、頭のなかに母がいる。洗濯物をたたむ手を止め、航太君と美亜ちゃんがいるもの、とほほえむ。参観日の教室で美亜が振り返るたび、嬉しそうな笑顔で小さくうなずく。高熱を出した美亜の手を握り、神様どうかお願いします、と涙声でつぶやく。真新しい制服を着た美亜を見て、お母さん、いまがいちばん幸せだわ、と泣き笑いの顔になり、こんなに幸せで罰が当たらないかしら、とふっとまなざしを陰らせる。

忘れていた幼いころの記憶まで鮮明によみがえる。まるで脳のスクリーンに映像が映し出されるみたいに。

だめだ、だめだ。美亜は目をつぶり、耳をふさぐ。こんなふうにとめどなく記憶があふれ出すなんて不吉だ。

走馬灯みたいだ。まるで誰かの人生が終わりかけているみたいだ。

思い出すのをやめなくちゃ。そう思うのに、頭のなかの光景は止まらない。

美亜ちゃんはほんとうに鶏の唐揚げが好きね、と食卓で笑いかける。お母さんの若いときの話なんてつまらないわよ、と目をそらす。こういうおうちが欲しかったから、とそっとほほえむ。

自分の記憶だと思っていた。しかし、ちがう。これは母と美亜の共通の記憶だ。

家の前でタクシーを降りたとき、美亜ちゃん、と母の声が聞こえた。

――男の人はね、与えるふりをして奪うのよ。

「お母さんっ」

叫びながら、美亜は玄関を開けた。

終章

大龍商店は、一か月前に訪れたときと変わっていなかった。

喫茶店になると聞いていたのに、看板は〈ししゃも　海産物　大龍商店〉のままで、汚れた外壁も塗り替えられていない。店の前に積もった雪は重い空の色を映してうっすらと灰色を帯び、シルバーの車が乗り捨てられたように停まっている。店のシャッターは上がっているが、開けたのではなく、下ろすことをしていないように見えた。

静かな、忘れられたような風景だった。

空き家になったのだろうか。喫茶店を開くのはやめて引っ越したのだろうか。彼は白い息を吐きながらダウンジャケットのポケットに手を入れ、小さく折りたたんだ新聞のかさりとした感触を確かめた。

彼がその新聞記事を目にしたのは偶然だった。

昨晩のことだった。現場の仕事が長引き、寮に戻ったときは食堂に誰もいなかった。テーブルには彼の分の食事と、誰かが食べたらしい落花生の殻があった。落花生の殻の下には、新聞が敷かれていた。

彼はその新聞記事を三度読んだ。

妹はこの記事を読んだだろうか、とぼんやり考えた。もし読んだとしたら、同じ光景を描いただろうか。いや、妹はこの記事と母を結びつけはしないだろう。

ひとつ下の妹とは医療刑務所を出てから一度も会っていないし、居場所も知らされていない。

カギイから聞いたことで、妹には伝えていないことがある。

――あの夜、キミのほんとうのお母さんのほかに、もうひとりいなくなった女がいるのを知ってるかい？

ときおり耳奥によみがえるカギイの声は亡霊のように不確かなのに、けっして消えることはない。

――スナックミツのママ。貴和子の母親だよ。ふたりはどうして同じ夜に消えたんだろうね。どこに行ったのか、お母さんに聞いてごらんよ。

母を思い出そうとすると、控えめなほほえみの印象が滲む。しかし、はっきりとした形にはならない。母の目は、口は、肌は、髪は、においは、どんなだったのだろう。かつて一緒に暮らし、そばにいた人なのにその姿が描けない。

彼はよく、淡いひかりを放つ乳白色の球体を見る。寝ているときも、起きているときも、乳白色の球体はふわりと現れ、まるで誘うように彼の前で揺れる。それなのに手を伸ばすと、遠ざかる。追いかけると、消えてしまう。抱きしめれば、それが母の姿になるとわかっているのに、どうしても捕まえることができない。

母が、いつかむかわに行きたいと言ったのはいつだっただろう。北海道のむかわっていう町に、大龍商店っていうしゃものお店があるの。そこに、もしかしたらお母さんのお父さんがまだいるかもしれない。

その話を聞いたとき、彼は裏切られた気がした。家族がいないと言っていたのに、父親がいるのか。しかも、いままで隠していたのか。彼がそう問うと、母はちがうのとほほえんだ。子供のころ、ほんの一年くらい住んでいただけなの。お父さんといっても血はつながってないのよ。でも、大龍のお父さんは、私のことなんてとっくに忘れてると思うわ。

一か月前に大龍商店を訪ねたとき、二階の窓辺に立つ男を見た。あれが大龍だろうか。大龍は、かつて娘だった貴和子という女を覚えているだろうか。

彼は膝下までの雪をかき分け、店の前に立った。

ガラスの引き戸の向こうに、ほのかな灯りが見えた。誰かいる。空き家ではないのだ。引き戸を開けると、女と目が合った。このあいだの女が、小上がりに腰かけていた。まぶたと鼻の頭を赤く染め、うるんだ瞳を彼に向けている。無言で助けを求める少女のような泣き顔に、なぜか既視感を覚えた。その瞬間、乳白色の球体が現れる気配がし、彼は息をつめて待った。しかし、気配はかき消えた。

女はくちびるをわずかに引いた。ほほえんだつもりかもしれない。

「このあいだも来てくれたよね。ししゃものお店はやってないんですか、って」

そう言い、彼女はあっと表情を変えた。

「もしかしてノボちゃんの知り合い？」

なにを聞かれたのかわからなかった。

「大龍昇。ノボちゃんの知り合いなんじゃない？」

「いえ」

ふたりのあいだに沈黙が流れ、やがて「どうぞ。入って」と女が立ち上がった。

「喫茶店はまだやってないけど、紅茶なら飲ませてあげられる」

店のなかは暖かかった。石油ストーブの炎が橙色に滲んでいる。

外観とちがい、店内は喫茶店らしくなっていた。木目調のフロアタイルが敷かれ、テーブルと椅子も配置されている。あとは人が集い、食べ物や飲み物のにおいが満ちればいいだけに見えた。

彼は促されるがまま椅子に座った。

「ノボちゃんにお線香あげに来てくれたのかと思った」

え？　と彼は目で問うた。

「死んじゃったのよ」

テーブルに紅茶を置いて女が言う。さばさばした声だった。

「二週間前、運転中に恵方巻きを喉に詰まらせちゃったの。バカみたいでしょ。でも、よかったのかもしれない。ううん、よくないけど。本人は知らなかったけど、ノボちゃん、末期のがんだったのよ。腰が痛くて病院に行ったら、すい臓がんが見つかったの。長く苦しまなかったからいいのかなって思ったり、やっぱりちゃんとお別れしたかったなって思ったり。頭のなかがぐるぐるしてる」

大龍が死んだ、と彼は言葉にして嚙みしめた。が、湧き出す感情はなかった。

父親を「ノボちゃん」と呼ぶなんて仲のいい父娘だったのだろう。こんな娘と暮らしていたのだから、母が言ったとおり、大龍は母のことなどとうに忘れて生きていたにちがいない。

ここにも母の痕跡はない。母はいない。もうどこにもいない。

「昔、母が」

彼はつぶやいた。

「え？」

「母が、ここに来たことがあったらしくて」

「大龍商店に？」

彼はうなずいた。

「そうだったの」

「死にました」

「え？」

「母は五年前に死にました」

母のことを淡々と話す自分を知らない人のように感じた。

女は彼を透かしてちがうものを見ているような、とらえどころのない表情をしている。ふと乳白色の球体の気配がしたが、現れることはなかった。

「悲しいね」

女がぽつりと吐き出した。彼女自身へのつぶやきに聞こえた。

「いえ」彼は答えた。「悲しくないんです」

悲しみも苦しみも痛みも、彼はとうに失っていた。母のあやふやな気配だけを、かろうじて身の内に感じていた。母が完全に消えたとき、自分も消滅してしまう気がした。

女は彼から目をそらさない。鋭さもやさしさも感じられないどこかぼんやりとした、それなのに心の奥に分け入ってくるようなまなざし。彼は五年前の光景を見透かされている心地になった。

「悲しくなくてかわいそう」

ティーカップの縁を撫でながら女が言った。

引き戸がガタガタッと音をたてた。誰か来たのかと思ったが、振り返ると引き戸は閉じたままだった。「風よ」と女が言う。

彼は立ち上がり、黙ったまま頭を下げた。ふと、自分がなにか忘れ物をしている気になった。しかし、リュックから取り出したものはないし、テーブルの上にもなにもない。

「喫茶店を開いたらまた来てね」

女はそう言ったが、彼がもう来ないことを承知しているようだった。

外に出ると、体がぶるっと震えた。

鉛色の雲が垂れ込め、いまにも雪が降り出しそうだ。人も車も見えない。色のない風景に彼だけがいる。頭上で風がごうっと唸った。

「僕は悲しくない」

彼は声にした。

風に持っていかれる白い息のなかに、母の記憶が混じっている気がした。息を吐くたび、彼のなかから母が消えていく。

母はどんな人だったのだろう。もう思い出せない。

死体遺棄か　工事現場に白骨化した2遺体

立川市錦町の工事現場で12日、工事関係者が2体の白骨化した遺体を発見した。遺体は20代から40代の女性と、60代から80代の女性とみられ、死後十年以上はたっているとみられている。警視庁は身元を確認するとともに、死因を調べている。

——毎朝新聞　二〇一五年二月十三日朝刊

解説

藤田香織

たとえば。

ある殺人事件が発生し、容疑者の女性が逮捕されたとして。報道記者とカメラマンがその周辺の人々のコメントを取りに行き、「仲の良さそうな家族だったけどねぇ」と近所の老人が証言する。「特に勤務態度に問題はありませんでした」と元同僚は口にする。学生時代のクラスメイトが「おとなしくて友だちは少なかった」と話す。特に珍しくもない、よくあるテレビのなかの一場面ですが、そんなふうに容疑者について語る人々は、彼女の何を知っているのかと、ふと疑問を抱いたことはありませんか？

と、同時に、ときどき私は、もしも自分だったら、と考えてしまうことがあります。

もしも自分がよく知る人物について、どうしても証言せざるを得ない立場になったら、見知らぬ人々に対してどんな言葉で表現すれば良いのか。いつ考えてみても、途方にくれるばかりです。逆に語られる立場になったとしても、知人や友人に、私はどんな人間だったと証言されるのか、これもまた想像もつかない。常套句として「そんな人には見えなかった」と言ってくれるかもしれないけれど、そうした状況下では、何を言われようと、止めることも誤解だと即座に反論することもできません。

人は他人に対して、よく知りもせずに語ってしまうことがある。知っていても語れないことがある。思い込みで語ることだってあるし、自分に都合良く語ることもある。そんなことは十分わかっているからこそ、できればそうした場面の当事者にはなりたくない、と願う。けれど、それはなにも事件や事故の関係者になったときだけに限らないのです。

俗に「人はひとりでは生きていけない」と言うように、誰にも語られることなく、誰を語ることもなく、生まれて死んでいくことはあり得ない。たとえ「証言」することには躊躇《ためら》いがあっても、私たちは毎日、誰かを思い、誰かを窺《うかが》い、愛して憎んで、それについての話をし、あたりまえのように聞いてもいます。

でも、だけど。あまりに日常的な故に、そうしたやりとりを軽く受け流してしまうことも決して珍しくありません。本書『ある女の証明』は、その流れを止め、幾重にも考えずにはいられなくなる、実に読み応えのある物語です。

二〇一五年八月に単行本が発売された際には、『きわこのこと』と題されていた本書は、このたびの文庫化にあたり『ある女の証明』と改題されました。ふたつのタイトルからも本書が「きわこ」というひとりの女をめぐる物語であることは容易に想像がつくと思いますが、留意して欲しいのは、さまざまな人物による多視点からひとりの女性の姿を浮かび上がらせていく、といった単純な物語ではない、という点。

既存の作品にもそうした形式は珍しくないので、初めて単行本を開いたとき、私はすっかりそのパターンであると思い込んでいたのですが、語り手となる人物の「きわこ」との関係性や距離感は一様ではなく、直接彼女を知らない者も含まれます。

共通するのは、各章の冒頭に置かれた新聞の三面記事。〈衝突事故男性の死因「窒息死」と判明〉〈「超熟女専門」売春クラブ摘発〉と〈他人のベランダで暮らす男逮捕〉〈パトカー追跡中電柱に衝突　女性重体〉〈母親に強い恨みか　殺人容疑で長男逮捕〉。簡潔な見出しに続いて、まずは数行でその概要が提示されます。

第一章の記事は、北海道の苫小牧市で乗用車が道路脇の街路樹に衝突し、男性＝大龍昇（七十八）が死亡した事故の原因が判明したと報じたものでした。直後の本文で、その大龍昇の半生が語られるのですが、すしを喉に詰まらせ街路樹に激突するという、こう言ってはなんですが珍妙な死に方をした彼には妻も子もなく、親戚と呼べるのは折り合いの悪い甥夫婦とその子供たちだけ。平均寿命まであと二年。苫小牧にあるアパートを主にした多少の財産は、このままだとそう遠くないうちに、甥に遺すことになる――。そんなとき、昇は馴染みの飲み屋でひとりの女と出会います。私はまずはそこで、この女が「きわこ」なのか、と見当をつけたのですが、既に本文を読まれた方は御承知のように、そうではありませんでした。

「貴和子」の面影を思い起こさせた女は岡本多恵と名乗り、一週間後に再び姿を現して以来、昇の家に居つきます。〈遺言書、書いた?〉〈おじさん、終活するんでしょ?〉。誰がどう読んでも多恵は怪しさ満点。〈家族、いないんだよね?〉〈ちょっと、泊めてよ〉。嫌な予感しかしません。こうなると、昇が事故死するのも、多恵がなんらかの手を下したに違いないと邪推してしまいます。〈みんな心配してるよ〉〈また昔みたいなことになるんじゃないか、って〉〈大さんたら結婚までしちゃって。結局、騙されてひどい目にあったじゃないのさ〉。飲み屋の女将の言葉に、あぁ、その女が「貴和子」なのか、とも想像したのも、私だけではないでしょう。

その結果、初めて第一章を読み終えたとき、「そう来たか!」とミステリー的な意外性に興奮を覚えた人も少なくないはず。最初から「きわこのこと」の印象も十分。けれど、それ以上に、貴和子と過ごした短い時間の後、長い長い歳月をひとりで生きてきた昇の寂しさが、そして多恵と出会ってからの喜びが、伝わってきました。

五つの三面記事で報じられる事故や事件は、多少読者の目に留まるものであっても、深く人々の記憶に刻まれるほどのインパクトはありません。けれど、第一章の昇だけでなく、五十三歳になろうという小浜芳美が、摘発された「超熟女専門売春クラブ」で働くことになるまでの経緯を、その別れた夫であり、かつては誰もが知る保険会社の部長代理まで務めた布施則男が、無職となり「他人のベランダで暮らす」ことになった理由を、ふたりの幼い子を持つ平凡な主婦であったはずの小見山香織が「パトカーに追跡され電柱に衝突」する事態を引き起こすまでを、そして大学生の山田航太が「母親を刺し殺し逮捕」された背景を、作者であるまさきとしかさんは、丁寧に描いていく。いくつもの証言から貴和子の姿を浮かび上がらせる、というだけでなく、わずか数行で伝えられ、すぐに忘れ去られかねなかった彼らの人生を、生々しく、人間臭く立ち上がらせていくのです。

物語全体としては、章が進むごとに三面記事で示される時間が二〇一五年の二月から二〇〇九年の十二月へと遡行していくのですが、各章では、さらにその冒頭に提示された事故や事件が起きるまでの時間を遡る構成で、一方、各章の主人公たちが語る貴和子の姿は、次第に年齢を重ねていきます。「貴和子が死んだ」ことは第一章で早々に明かされるのに、詳細はなかなか判らず、距離感や関係性だけでなく、彼女に対する温度差も語り手によってまったく違う。そして「終章」の後に突然提示される第六の記事——。本書のミステリー的な読みどころは、こうした複雑な構成と、貴和子の生い立ちや言動つまり人間的な謎と、六番目の記事の真相にあります。

おそらく「女性ふたりの白骨化した遺体が発見された」という最後の記事の意味を知りたくて、これから再読してみよう、と考えている人も少なくないでしょう。主に三章と五章を読み返せば、きっと自分なりの答えは見つかるはず。

けれど、その謎を解いたと思った瞬間、貴和子の謎はまたひとつ深まる。

貴和子は、本能的に男たちを惑わす魔性の女だったのか。目的のためなら手段を選ばぬ鬼女だったのか。血の繋《つな》がらない子供たちを慈悲深く愛する良き母だったのか。可哀想な女だとも怖い女だとも、哀しいとも不気味だとも思う人はいるでしょう。どう思っても、それは間違いではありません。昇が、芳美が、則男が、娘の美亜が語る貴和子の姿も、彼らにとっては間違いではなかったように。

〈この子と出会うために、この子と一緒になるために、この子を幸せにするために、自分は生まれてきたのだ〉〈もし、ひとりだけ殺していいと言われたら、迷うことなく中学生のころに戻り、貴和子を殺す〉〈貴和子はふわりと笑った。その瞬間、魂が持っていかれるのを

感じた。やはりこの女は俺を誘っているのだ〉〈お母さんはいいお母さんだ、いいお母さん

すぎてどこか嘘くさい〉。

彼らが語る「貴和子」は、彼らにとっての「真実」です。けれど、それは他の者にとって

の真実ではない。そして「事実」でもない。本書に書かれている「きわこのこと」の事実は、ただひとつ、二〇〇九年十二月十二日の未明に、死亡した、ということだけとも言えるでしょう。

「ある女」が、貴和子を指すのは言うまでもなく、読み終えてみれば、多恵のことでもあり、芳美のことでもあり、美亜のことでもあるとわかります。貴和子の母・ミツのことでもあり、「誰にも言わないから」とささやくような声で言う五歳の和花も例外ではない。貴和子と直接関わりはなかった小見山香織を第四章の主人公に据えたことでも、まさきさんが「きわこのこと」だけを描きたかったのではないと想像するのは難くありません。

そして何よりも、貴和子視点の章を入れて彼女が歩んで来た道を、第六の記事の真相を語らせることを選ばなかった判断に、作者の強い意思を、作家としての姿勢を感じるのです。

まさきさんの現時点での最新刊『玉瀬家、休業中。』（二〇一八年八月／講談社刊）は、いままでとはひと味異なる軽妙な筆致で綴られた長編作ですが、根底はやはり、本書に通じています。

本当のことは誰にも判らない。自分のすぐ傍《そば》にいる人がどんな人なのかも判らない。大切なのは、わからないことをわかっているということで、真実は自分のなかだけにある——。

最後に、改めて聞かせて下さい。貴和子を、あなたはどう思いますか？

——書評家

この作品は二〇一五年八月小社より刊行された『きわこのこと』を改題、加筆修正し終章を加えたものです。

ある女《おんな》の証明《しょうめい》

まさきとしか

平成30年10月10日　初版発行
平成30年11月10日　2版発行

発行人――石原正康
編集人――袖山満一子
発行所――株式会社幻冬舎
〒151-0051東京都渋谷区千駄ヶ谷4-9-7
電話　03(5411)6222(営業)
　　　03(5411)6211(編集)
振替00120-8-767643
印刷・製本―株式会社 光邦
装丁者――高橋雅之

幻冬舎文庫

ISBN978-4-344-42800-3　C0193　ま-33-3

幻冬舎ホームページアドレス　http://www.gentosha.co.jp/
この本に関するご意見・ご感想をメールでお寄せいただく場合は、
comment@gentosha.co.jpまで。